KB001682

나만의 문학 수업을 디자인하다

나만의 문학수업을 디자인하다

30년차 문학 교사가 전하는 생생한 문학 수업 교수법

이낭희 지음

Humanist

문학은 삶이다, 문학은 사람이다

문학 수업은 왜 존재하는 것일까? 대한민국의 모든 교육과정에서 주체는 학생이어야 한다. 하지만 오로지 시험이라는 거대한 목표로 향해 있는 수업 속에 우리는 오랫동안 갇혀 있었다.

'문학은 삶이다.'라는 말에 누구나 공감하지만, 안타깝게도 문학 수업에서 학생들의 삶이 실종된 지 오래다. 학생들의 삶을 위해 문학 수업이 존재하는 것이 아니라 입시라는 종착지를 향한 '거대한 목적'이 되어버린 것이다.

학생들에게 문학 수업은 수업 이상의 의미를 지녀야 한다. 수업의 막이 내릴지라도 자신의 삶의 길 위에서 다시 작품을 만날 수 있는 계기를 마련해 주어야 하는 것이다.

한 편의 시, 한 편의 소설에는 한 시대를 살아낸 누군가의 삶의 이야기가 담겨 있다. 문학작품을 만난다는 것은 누군가의 삶을 만나는 것이다. 그렇다면 수업의 밑그림부터 달라져야 한다. 한 사람을, 한 사람의 삶을 빈껍데기처럼 바람에 날려버린 채 메마른 언어들에만 매달리는 수업은 문학 수업의 존재 이유를 잃어버린 것이다.

문학 수업은 작품 속에서 숨 쉬고 있는 '너'를 통해 '나'를 성찰하고 사색할 수 있는 시간이다. 시 속에서 걸어 나오는 '너'를 생생한 '나'로 만날 수 있는 수업은 우리를 변화시킨다. 작품 속에서 언어를 통해 흘러나오는 '너'의 목소리를 들으며 우리는 성찰하고 치유되고 회복될 수 있다. 시간과 공간이 다를지라도 한 사람의 삶의 노래와 이야기를 만나면서 자신의 길을 고요하게 되짚어 볼 수 있는 내밀한 성장과 성숙의 순간을 마주할 수 있기 때문이다.

주체적인 내면화를 통해 인생을 일으키는 문학 수업, 그 결정적인 운명의 순간을 만나도록 길을 열어주는 것, 바로 이것이 문학 수업의 올바른 길이 아니겠는가!

'교사의 생명은 현장성이다.'라는 소신과 신념으로 문학 수업 현장을 지켜온 지 30년. 이 책에 담긴 모든 수업 장면에는 그동안 함께했던 수많은 제자의 눈빛이 여전히 살아 있다. 그러나 더 중요한 것은, 함께 나누었던 수업이 준 감동이다. 수업이 수업으로 끝나지 않고 제자들의 삶에 자리하기를 바랐던 마음이 이 책 속에 고스란히 담겨 있다. 교사와 학생이 함께 성장하는 문학 수업을 디자인하고 싶은 선생님들께 이 책이 따뜻한 용기와 도전의 힘을 줄 수 있기를 바란다.

끝으로, 늘 힘이 되어주는 소중하고 사랑하는 가족과 문학 선생님의 30년을 더욱 의미 있게 해준 휴머니스트 출판사에 깊은 감사와 사랑의 마음을 전해드린다.

이낭희

차례

3장 문학 수업 실행 기법

4장 입체적인 로드맵으로 펼치는 수업

5장 감상의 주체가 되는 수업

6장 문학적 상상의 힘, 스토리텔링 수업

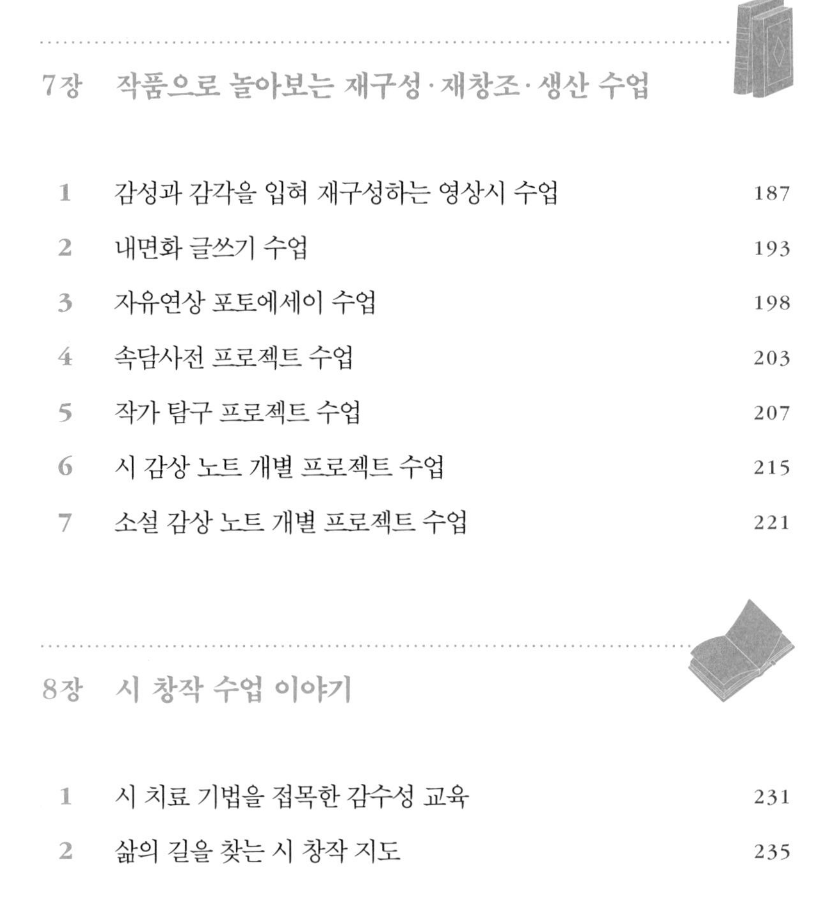

7장 작품으로 놀아보는 재구성·재창조·생산 수업

8장 시 창작 수업 이야기

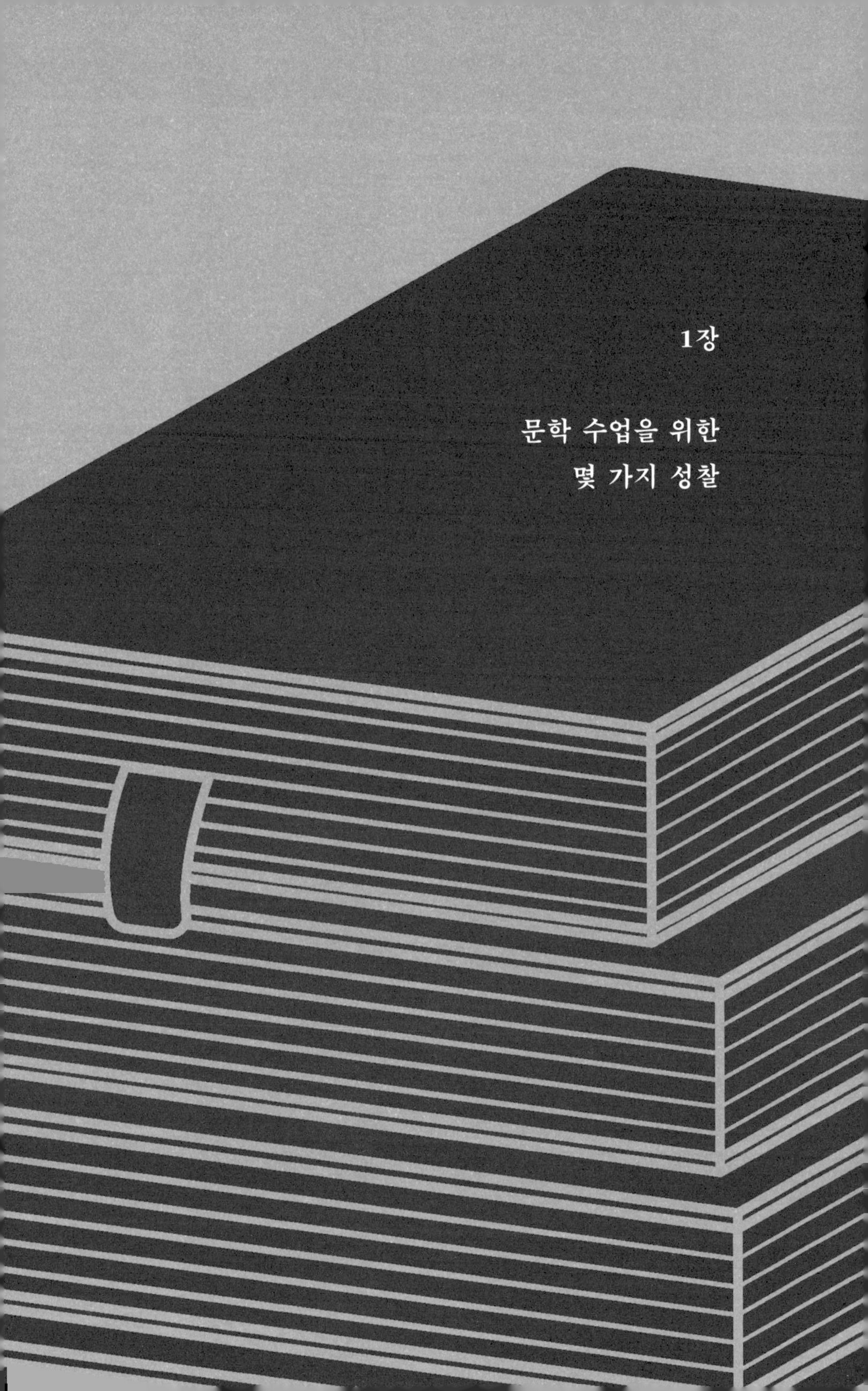

1장

문학 수업을 위한 몇 가지 성찰

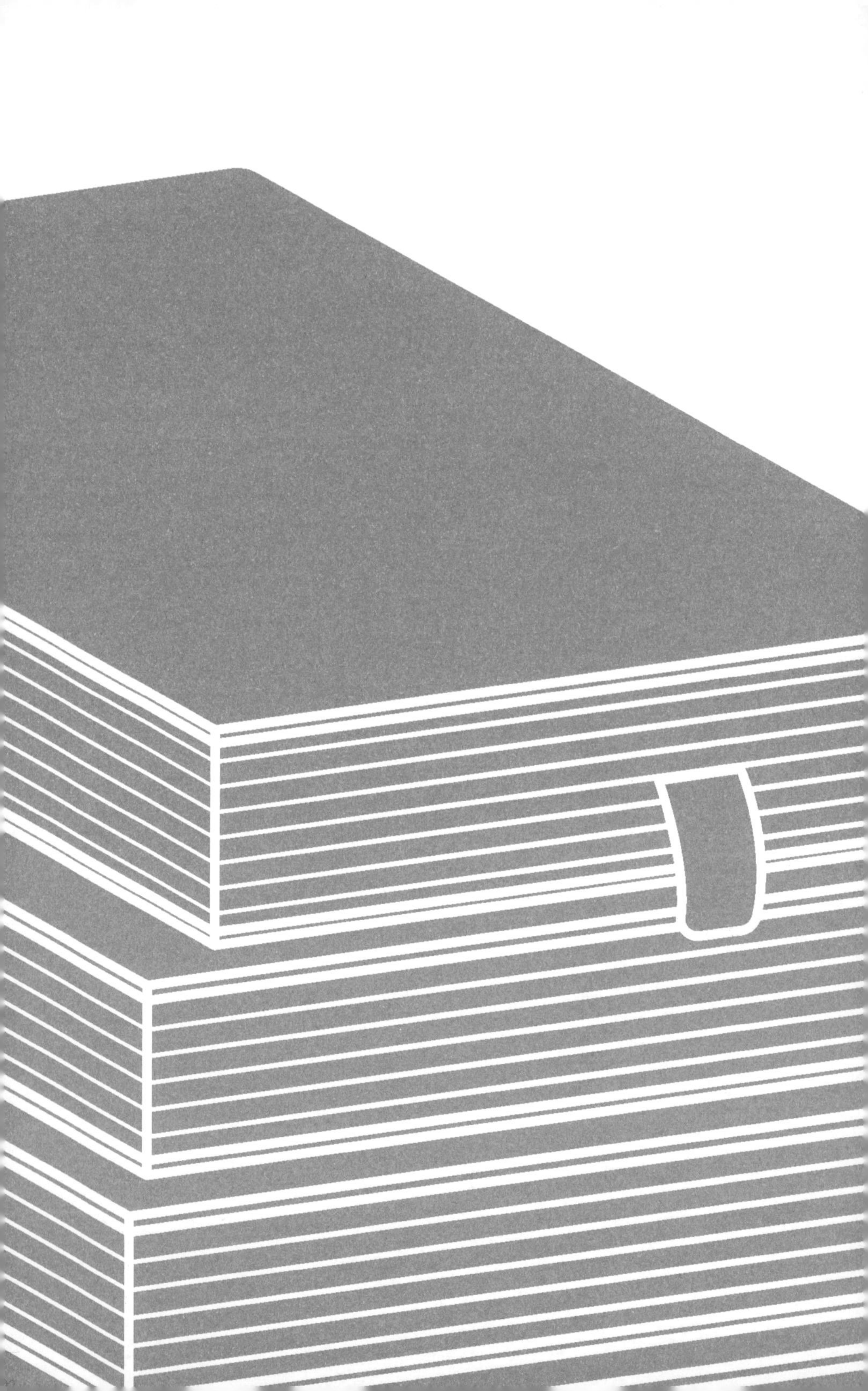

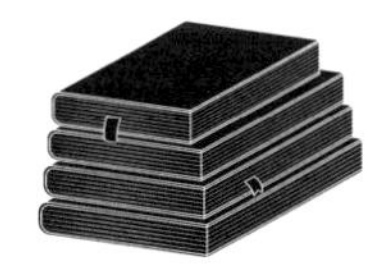

1. 수업은 교사의 작품이다

문학 수업 첫 시간, 시 한 편을 제자들의 가슴에 띄운다. 1년 동안 만나게 될 문학작품들의 행간을 시로 스케치하여 학생들과 공유하면서 수업에 대한 호감도를 높이고, 함께할 문학 수업에 대한 기대감을 주기 위한 기획이다. 마지막 수업에서 이 시를 다시 낭송하면서 학생들은 첫 시간에 만난 낯선 작품들이 자신을 성장시켰던 지점을 떠올릴 수 있다.

문학 첫 수업, 문학 선생님이 학생을 초대하는 시

종이 울린다.
문학 수업이 숨을 쉰다.
한 편의 시, 한 편의 소설 속으로 내가 들어간다.

시의 행간을 걷다가 나를 쳐다보고
산에 홀로 피어 있는 소월의 산유화에게 말을 걸어보기도 하고
낯선 땅에서 문창을 바라보는 백석을 그리워하기도 하면서
소설의 행간을 읽다가 세상을 보고
이명준의 이야기에서 나의 밀실과 광장을 되짚어보기도 하면서
낯선 간이역, 한 두릅의 굴비, 한 광주리의 사과를 들고
귀향하는 사람들의 무거운 침묵, 그 곁에 앉아
나도 누군가처럼 한 줌의 톱밥난로를 지펴주기도 하면서
만선의 꿈을 꾸는 늙은 어부의 모습에서
문득 낯익은 중년 사내인 나의 아버지를 만나기도 하고,
시, 소설 속 어떤 낯선 시간 낯선 세상 속에 살고 있는 사람들
너를 만나다 나를 만나고
너의 이야기를 듣다가 내 이야기를 하고 싶어질 때쯤
멈추어 서서 세상에 단 하나뿐인
나의 한 줄 시를 적어볼까.
그렇지, 어쩌면
삶의 길가에선 시간과 공간만 달리할 뿐
우린 함께 살아가는 것인지도 몰라
네 안에 내가 살고 있으니
네가 피운 삶의 꽃잎들 내 가슴에 끌어안고
오늘, 나의 길을 따뜻하게 품고 싶다.
나의 꽃 한 송이가 바람에 흔들린다.
18세의 나, 영혼의 숨을 쉬는 것이다.

2. 문학 수업은 인생 수업

수업의 주체는 학생이어야 한다. 그럼에도 교과를 위해서 학생이 존재하고 교과 수업을 위해서 학생이 존재하는 수업, 오로지 시험이라는 거대한 목표로 향해 있는 수업에 우린 오랫동안 갇혀 있었다.

문학 수업의 본질을 회복하기 위해서 우리는 다시 묻는다. 중·고등학교에서 문학 수업은 왜 존재하는 것일까? 과연 문학 수업은 10대들에게 무엇을 할 수 있을까? '문학은 삶이다.'라는 말에 공감하면서도 문학 수업에는 시인의 눈물만, 소설가의 삶의 이야기만 무성할 뿐 안타깝게도 수업의 주체인 학생들의 눈물과 이들의 삶을 분절시킨 것은 아니었을까? 학생들과 이들의 삶을 위해 문학이 존재하는 것이 아니라, 거대한 문학을 위해서 오히려 학생이 존재하고 있는 것은 아니었을까? 정작 우리의 문학 수업에서 문학작품은 '도구'인데, 그 자체가 입시라고 하는 종착지를 향한 '거대한 목적'이 되어버린 것은 아닌지 성찰하게 하는 대목이다.

10대 학생들에게 문학 수업은 수업 이상의 의미를 지닌다. 작은 교실에서 사람과 세상과 삶을 만나는 성장의 순간이기 때문이다.

교실 (학생 시)

딱딱한 문을 열고 들어오면
딱딱한 학생이 있고

딱딱한 선생님이 있고

딱딱한 책상에 앉으면

딱딱한 수업을 듣고

딱딱한 책을 보고

딱딱하고 무거운 공간에서

딱딱한 펜으로

딱딱한 시 하나를 써 내려간다.

중·고등학교 시절 작품 속의 '너'의 노래와 이야기가 '나'의 노래와 이야기로 들리면서 자신의 마음을 두드린 감동은 오래도록 사라지지 않는다. 한 시대를 살아낸 '누군가'를 만난 것이기 때문이다. 쓰러지고 일어나기를 수없이 반복했던 한 사람의 삶이 고스란히 느껴졌기 때문이다.

문학작품을 만난다는 것은 한 사람을, 그 사람의 삶을 만나는 것이기에, 바로 이 지점이야말로 학생들의 삶을 움직이는 문학 수업 고유의 힘일 것이다. 이런 이유로 문학 수업은 작품 속에 살아 있는 '너'를 통해 '나'를 성찰하고 사색하는 순간이 되어야 한다. '너'는 '나'와 분절되어 있지 않다. 작품 속의 '너'는 또 다른 '나'일 수 있으므로 둘은 한 몸인 것이다. '너'는 '나'를 위해서 존재하고, '나'는 '너'를 통해서 세상과 더 따뜻하게 만날 수 있기 때문이다. '너'를 통해 '나'를 돌보고 위로하다 보면, 어느 지점에선가 홀로서기를 하는 '나'와 대면하게 될 터이다. 성찰하는 눈이 깊어져야 사랑하게 되고, 사랑하는 힘이 세상을 이해하는 마음을 열어주리라 믿는다.

문학 수업은 작품 속의 '너'를 생생한 '나'로 만날 수 있어야 한다. 작품 속 언어를 통해 흘러나오는 '너'의 생생한 목소리를 들으면서 성찰하고 치유하고 회복하도록 도와야 한다. 시간과 공간이 다를지라도 한 사람의 삶의 노래, 삶의 이야기를 만나면서 자신의 길을 고요하게 되짚어 볼 수 있는 내밀한 성장과 성숙의 오롯한 순간을 마련해 주는 수업이어야 한다. 그래야 사람의 목소리, 사람의 온기를 느끼면서 교사와 학생이 함께 성장할 수 있기 때문이다.

3. 문학을 사랑하게 할 수 있다면

왜 학생들은 문학작품을 자신들의 삶과 무관한 것으로 인식할까? 작품을 왜 감상해야 하는지, 공감할 수 있는 가치는 무엇인지, 어떤 감동이 있는지를 제대로 공유하지 못하고, 감동을 느껴보기도 전에 문학 수업이 끝난 것은 아니었을까? 문학 텍스트를 비문학 텍스트처럼 다루지 않았는지 성찰이 필요한 대목이다.

문학은 사람의 삶을 노래하고 이야기한 것이다. 그 심층을 가슴으로 만나기도 전에, 표피적인 언어만 다루다가 끝나는 문학 수업은 그 진정성을 담보할 수 없다. 문학 텍스트는 이성과 논리로 독자와 소통하고자 하는 측면보다는 삶의 맥락 속에 감추어진 내적인 정서와 태도를 독자와 나누는 측면이 강하지 않은가. 그런 관점에서 문학은 단순한 텍스트

일 수 없다. 교사가 학생들과 함께하는 문학 수업은 문학 텍스트를 매개로 세상을 보는 자리, 사람을 만나는 자리, 삶을 만나는 자리여야 한다. 나아가 자신의 삶에 적용할 수 있어야 한다. 문학작품을 자신의 삶 속으로 깊이 있게 내면화할 수 있다면, 그들의 삶 속에서 무한한 생명력을 발휘할 테니 말이다.

문학 수업에서 교사의 태도와 방식은 수업의 향방을 가르는 데 결정적인 작용을 한다. 교사는 학생들이 시간과 공간을 넘나들어 '지금 여기에서' 다시 문학적인 '끌림'과 '감동'이 일어날 수 있도록 해야 한다. 무엇이 한 사람의 마음을 움직였는지, 펜을 들어 글을 창작한 '발상'의 순간을 함께하면서 작가도 작품 속의 인물도 살아나기 시작할 것이다. 나와 닮은 한 사람으로 공감과 이해가 작동하기 때문이다. 언어를 통해 들려주는 그의 이야기를 '나'의 시공간 속으로 끌고 들어올 수 있다면, 학생들은 문학작품을 자연스럽게 내면화할 수 있다. 작가가 자신의 삶의 어느 지점에선가 세상을 수용하고 글로 생산한 것을, 학생들이 '지금 여기'에서 감상하고 다시 자신의 방식으로 표현할 수 있을 때, 즉 '끌림'과 '감동'의 순간을 만날 때 문학을 사랑하는 마음이 일어날 것이다.

박지원의 〈통곡할 만한 자리〉 내면화 수업

"낯설고 광활한 요동벌판에서 외친 대문장가의 글 〈통곡할 만한 자리〉. 그리고 깊은 공명을 불러일으키는 한마디, '좋은 울음터로다. 한바탕 울어볼 만하구나!' 여러분이 통곡할 만한 자리는 생의 한가운데 어디쯤일까요? 어느 지점에서 목놓아 울고 싶을까요?

박지원의 글을 바탕으로 내면화 글쓰기를 해봅시다."

학생 내면화 글쓰기 1

연암 박지원, 그가 조선이라는 태에서 벗어나 처음으로 만난 광활한 땅 요동벌판을 보며 기쁨과 즐거움에 젖어 통곡한 것처럼, 내가 목놓아 울고 싶은 내 삶의 지점은 어디일까? 내가 학생이라는 태에서 벗어나 세상으로 나아갈 때, 졸업장을 받고 교문을 나서는 순간이 아닐까. 새로운 세상인 사회로 나아가는 기쁨과 즐거움으로 가득 찬 그 순간이 내가 통곡할 만한 자리가 될 것이다.

학생 내면화 글쓰기 2

연암은 광활한 요동벌판을 보고 기쁨의 정에 사무쳐 통곡할 만한 자리라고 했다. 그렇다면 나는 언제 어디서 통곡하면 좋단 말인가. 그곳은 지금 내가 앉아 있는 자리다. 이 자리에 앉아 문학 수업을 들으며 수용을 하고 생산을 하며 내면화까지 하는 순간 나에게는 문학작품 하나가 나에게 들어왔다는 기쁨과 이 시간이 한정되어 있다는 슬픔의 정이 사무쳐 통곡할 것이다.

교사와 학생이 함께하는 문학 수업을 통해 학생들이 문학을 진정으로 사랑하는 마음을 품게 할 수 없을까? 중·고등학생 시절의 문학적 감동이 고스란히 남아 중년의 나이에 한 편의 시를 추억할 수 있다면, 그들의 삶의 결에 한 권의 시집이 놓일 수 있다면, 10대 그들의 결에 함께

했던 문학 선생님으로서 얼마나 감사한 일일까? 학생들의 삶의 길에 문학이 진정으로 위로와 힘이 되어주기를 바라는 것이다.

내면화(花) (학생 시)

가슴에 물들어 지워진

그 꽃의 노래가 그리워

다시 한번 물통에 물을 담아

머리 위에 붓는다.

속눈썹에 맺힌 물방울 사이로

뒤집혀 보이는 누런 황소색

춥고 고독한 젖은 소매 사이로

희미하게 전도되는 타는 장작색

코끝에서 흐려지는 한창에서

비릿하게 전해오는 강물 하류색

온몸 깊숙이 스며드는 색깔 마시고

내 가슴속 꽃봉오리가 피어난다.

가슴에 흐르는 양분을

따스한 햇살을

스며든 다색의 색깔을

자기 것으로 온전히 받아들여

맑고 투명한 열매 하나 맺고는

이내 가슴속에 녹아버린다.

떨어진 열매 두 손으로 붙잡고

나는 잠시 생각에 잠긴다.

가슴에 물들어 지워진

그 꽃의 노래가 그리워

다시 한번 물통에 물을 담아

머리 위에 붓는다.

4. 문학작품 속 인물과 생생한 대화를 할 수 있다면

문학 수업은 학생들에게 제한된 몇 평의 교실 문턱을 넘어 세상과 사람을 만나게 할 수 있다. 지금 여기에서 살아가는 독자로서 학생 자신의 삶을 깊이 있게 통찰하는 시선을 열어주고 내면을 성장시키는 길을 열어줄 수 있다.

교사의 해설, 교사의 느낌을 수동적으로 받아들이는, 즉 '나(학생)'가 없는 평면적인 문학 수업은 학생 스스로 즐길 수 있는 감상 능력을 키워줄 수 없다. 학생들이 작품과 직접 대면할 수 있도록 하여, 학생들의 수용에 대한 욕구를 최대한 끌어올리는 방식의 수업이어야 한다. 문제는 작품과 능동적으로 대화하는 힘이다. 죽은 활자가 아니라 살아 있는 누군가를 만나듯 작품과 대화할 수 있는 수용 능력을 키워주어야 한다. 책 속의 활자가, 책 속의 '너'가 학생들 앞으로 뚜벅뚜벅 걸어 나오도록 말이다.

자발적인 욕구는 학생들을 객석의 관객이 아니라 수업의 주체로 수업의 중심에 서게 할 때 일어난다.

학생들이 한 편의 시, 한 편의 소설을 능동적으로 받아들일 수 있도록 하려면 '언어'를 느끼고 만지는 힘을 키워주어야 한다. 언어의 온기, 언어의 온도를 감각적으로 느끼면서 작품 속으로 빠져들어야 화자나 인물이 처한 상황을 구체적으로 공감하고 위로하면서 자신의 삶을 성찰할 수 있기 때문이다. 또한 작가의 시선을 자신의 시선과 감각으로 확장하는 과정을 통해 더욱 깊이 있게 작품을 해석하는 눈과 가슴을 키울 수 있어야 한다. 학생이 주도적으로 작품과 만나게 하고, 자신의 경험 속에서 공감하고 내면화하면서 작품 속으로 깊이 빠져들 수 있을 때 비로소 수동적인 독자가 아니라 자발적인 감상의 주체, 대화의 주체가 될 수 있다.

- 무엇이 그에게 펜을 들게 했을까?
- 그가 살던 시대, 어느 지점에서 어떤 감동과 끌림이 있었던 것일까?
- 어떤 언어를 통해 실감나게 우리에게 다가오고 있나?
- 언어를 통해 흘러나오는 그의 목소리에 귀 기울여 볼까?
- 어떤 시대, 어떤 상황과 맥락 속에 있나?
- 화자는 왜 힘들어하며 무엇이 힘들게 만든 거지?
- 공감이 가는 부분이 있어? 왜 끌리는데?
- 상황을 이해하고 받아들이는 화자의 태도는 어때?
- 인상적으로 끌리는 대목이 있어? 이유는?

• 효과적으로 전달하기 위해 사용한 언어적 기법이 있나?
• 너와 나의 모습이나 태도가 닮은 부분은 없을까?
• 내가 그 상황에 있었다면 어떻게 했을까?
• 내 삶 속에서 공감할 부분은 없을까?

고전문학과 주고받는 대화는 어떠한가? 어느 시대나 사람들의 삶은 노래가 되고 이야기가 되어 아주 자연스럽게 입에서 입으로 흘러나왔다. 이름 모를 들녘에서, 외딴 시골 농가에서, 긴 밤을 지새우는 아녀자의 규방에서도. 또 과거 길에 오르는 가난한 선비들의 사랑방에서 마을 동구 밖까지도. 몇백 년의 시차를 뛰어넘어 감격스럽게도 지금 여기에서 '글'을 통해 서로의 이름을 부르며 만나는 것이니, 고전 속 '그대'야말로 대화하며 즐길 수 있는 제대로 된 문학적 '난장'을 틀 수 있는 대상이 아니겠는가. 고전과 현대의 분절이 아닌 것이다. 시공간과 주어진 상황만 다를 뿐, 고전 속 그대는 또 다른 '나'이니 말이다.

〈만전춘별사〉 수업 도입 담화

"고전은 관 속에 죽어 있는 것이 아닙니다. 700년 전 남녀상열지사로 불린 노래, 사랑의 감정을 숨김없이 담아낸 노골적인 표현, 고려인의 문학적 발상의 힘이 살아 있는 〈만전춘별사〉 속으로 들어가 봅시다.

왜 그들이 관 속에만 들어 있어야 하나요? 그러한 불타는 가슴이 우리에게는 없을까요? 얼음 위의 댓잎 자리라도 임과 뜨거운 사랑을 나누고 싶은, 여울과 소를 오가며 사랑을 나누는 임을 질투하고 근심하는 마음이 없나요? 시간과 공간과 상황만 다를 뿐, 그 마음은 오늘날 우리와 다르지 않습니다. 차디찬 얼음덩어리, 그 위를 덮은 대나무 잎 몇 장, 그 위에서 뜨겁게 사랑을 나누는 임과 나. 이 밤이 천천히 새었으면 좋으련만 하고 고백하는 고려의 여인, 그녀를 만나볼까요?"

소설을 만나는 대화는 어떻게 할 수 있을까? 작가가 독자에게 말하고 싶은 '무엇'을 위해 이야기 기법을 동원하고 있는 것이니, 작가가 이야기를 들려주는 방식을 즐기면서 빠져드는 대화를 안내할 수 있다. 고민하고 또 고민했을 의도적인 인물 배치, 극적인 감동과 공감을 일으키는 인과적인 사건, 갈등의 '맺고 풀기'가 주는 팽팽한 긴장과 화해를 따라갈 수 있도록 도울 수 있다. 작품 속의 인물에 대한 공감, 정서와 태도에 대한 공감, 갈등 해결 방식 등에 대한 질문을 지속적으로 해나가다 보면, 소설 속 다양한 인물들이 생생하게 다가올 것이다.

- 무슨 일이 있었기에 이런 이야기를 구성했을까?
- 이야기를 움직이는 중심 사건과 인물은?
- 어떤 시대, 상황 속에서 있는 걸까?
- 인물들이 왜 힘들어하고, 무엇이 힘들게 만든 거지?
- 갈등의 양상은 어떻게 변화하지?
- 인물이 상황에 대응하는 태도에서 인상적인 대목이 있어? 왜 끌리

는데?

- 특히 어떤 부분이 흥미와 관심을 끌지? 왜?
- 작가의 시선이나 작가적인 상상력에 공감이 가는 부분이 있어? 왜 끌리는데?
- 그 부분을 효과적으로 전달하기 위해 사용한 소설적인 장치가 뭐지?
- 인물들의 가치, 갈등과 해결 방법에 대해서 어떻게 생각해?
- 이야기를 듣다가 나의 이야기를 하고 싶은 지점을 발견했어?
- 너와 나의 모습, 태도가 가진 공통분모는 없을까?
- 내가 그 상황에 있었다면 어떻게 했을까?
- 내 삶 속에서 공감할 부분은 없을까?
- 비슷한 경험을 했던 기억은?

이태준의 〈달밤〉 속 인물과 대화하기

달빛 아래 홀로 서 있는 황수건에게 다가서다

원 배달원이 되었으면 좋겠다던, 소박하디 소박한 꿈을 가진 당신.

돈도 꿈도 아내도 모두 잃고 말았네요.

하지만 혼자라는 생각은 하지 마세요.

저도 가끔 혼자라는 생각을 하고 일이 뜻대로 되지 않으면

상실감에 젖어 빠져나오지 못하곤 하지만

그럴 때마다 저를 위로해 주는 사람이 있어 극복할 수 있었습니다.

나의 어둠 속에 달빛이 되어주는 사람, 당신에게도 있지 않나요?

힘들 때는 선생님을 찾아가 보세요.
지금은 겨우겨우 달빛 한 줄기 받는 삶이지만
언젠가는 햇빛을 가득 받는 삶이 될 거예요.
방울 소리와 함께 찾아올 당신을 알기에…….

작품 속에 살아 있는 누군가의 슬픔이 내 가슴에 전이되는 것이 문학이요 그것을 느끼는 것이 공감 능력이라면, 이런 능력을 키워줄 수 있는 것이 문학 수업이다. 작품 속에 살아 있는 인물을 '지금 여기'에서 생생하게 만날 수 있다면, 작품은 더 이상 죽은 문학일 수 없다. 사람으로, 사람의 목소리로 이미 우리 곁에 와 앉아 있기 때문이다.

5. 왜 나는 지금 여기에?

학생은 목표인가, 도구인가? 학생들이 수업에서 만나는 모든 지식과 교양은 그들의 과거와 현재와 미래를 지지해 주는 강력한 도구여야만 한다. 교육의 주체이며 미래의 주인공인 학생들을 위해 교육과정도 교과도 수업도 교사도 존재하니까. 학생들이 교과의 도구가 아니라 학생들을 위해 교과와 수업이 존재하는 순간부터 수업의 비전과 전략이 달라지기 시작한다.

안타깝게도 우리의 수업은 국영수라는 깃발 아래 오로지 입시와 대학이라는 슬프고 메마른 항해를 하고 있다. 그 속에서 교사에게도 학생에게도 '왜'가 사라진 교실이 우리를 혼란스럽게 만들고 있는 것은 아닐까.

- 나는 왜 지금 여기에 있어야 하는가?
- 나는 왜 이것을 배워야 하는가?
- 나는 왜 문학을 배워야 하는가?
- 나는 왜 이 시 수업을 해야 하나?
- 나는 왜 이 수업에 참여해야 하나?
- 이 한 편의 글이 내 삶에 어떤 의미가 있는가?

학생들에게 '왜'를 사유하고 성찰하도록 안내하면, 학생 스스로 만나야 할 대상들에 대해 좀 더 명료하게 다가서는 힘을 갖게 하는 데 도움을 줄 수 있다.

학생 수업 성찰 글

난 사실 처음에는 문학 수업에 대해 열정을 갖고 참여하지 않았다. 하지만 재미있는 것은 어느 순간부터 그것이 후회가 되기 시작했다는 것이다. 옛날의 나는 문학에 재미를 느낄 것이라고는 상상도 못 했다. 선생님은 항상 문학을 즐기라고 하신다. 그런데 정말로 신기하게도 선생님 말씀처럼 어느 순간부터 문학에 관심이 생기기 시작했고, 고달픈 18세에 대한 교훈이 들려오기 시작했다. 문학이 왜 존재하는지를 알게 되었고, 문학은 사람 그 자체라는 것을 깨닫게 되었다. 그때 이후로 흘려보았던 문학 글귀들을 자세히 보게 되고 흥미를 갖게 되었다. 선생님의 열정이 문학에 대한 무관심을 깨부순 것이다. 시를 마음으로 느낄 수 있었으며, 시인과 진정한 공감을 할 수 있었던 것 같다. 우리 스스로 새로운 작품을 해석하여 발표한 수용 수업에서는 내가 수업의 주인공처럼 느껴지기도 했다.

- 나는 왜 지금 여기에 있는가?
- 지금 나의 시선은 어디를 향해 있는가?
- 나는 그들에게 무엇을 주고 싶은가?
- 그들의 역량과 재능을 어떻게 키워줄 것인가?
- 학생들이 문학을 사랑하게 할 수 있는 방법은 무엇일까?
- 문학 수업을 통해 나와 너와 세상을 사랑하게 할 수는 없을까?
- 이 시대 문학 수업이 존재해야 하는 이유는 무엇일까?
- 내가 걸어가고 싶은 문학 수업의 본질과 지향점은 무엇인가?

묻고 물을수록 걸어가야 할 길은 눈앞에 더욱 선연하게 잡히고, 수업의 길을 더욱 깊고 단단하게 세우게 한다. 교사 자신이 가치를 발견하고 먼저 충만해지는 시간은 먼 길을 걸어갈 수 있는 힘을 넉넉하게 제공해 줄 것이다. 자신만의 길 위에 서게 하고, 내디딜 수 있는 용기와 사랑과 힘을 줄 것이기에.

교실에서 우리가 띄우는 한 편의 시 수업, 한 편의 소설 수업은 10대들의 푸른 바다 부푼 가슴에 말하자면 배를 띄우는 것이다. 문학 수업에서 학생들이 시의 바다, 소설의 바다를 가로질러 그 속에 살아 숨 쉬는 기쁨, 슬픔, 눈물의 언어들을 지나 정박할 최종 목적지는 어디일까?

교사로서 우리의 시선이 머무는 그 지점에 학생의 시선도 머문다. 지금 나의 수업이 향하고 있는 결정적인 지점은 어디인가? 그 지점에서 교사도 학생도 함께 성장할 것이다.

문학 시간 (학생 시)

종이 친다.
문학 시간이 시작된다.
책을 편다.
내 기대와 흥분이 시작된다.

문학 시간은
과거의 작가들과
소통하는 시간
나의 내면과
소통하는 시간

나는 오늘도
문학 시간을
기다린다.

2장

문학 수업 기획 및 설계 기법

1. 학생이 주체가 되는 문학 수업의 패러다임

학생이 감상과 생산의 주체가 되는 문학 수업을 디자인할 때 가장 먼저 고려해야 하는 대상은 바로 '학생'이다. 학생을 수업의 객체가 아니라 주체이자 목적적인 대상으로 지속적으로 지원할 수 있어야 한다. 학생 자신이 작품을 통해 세상과 사람을 이해하는 능력, 상황을 받아들이는 공감 능력, 그것을 통해 자신의 삶을 성찰하고 치유하고 회복하는 내면화 능력을 경험하는 방식이다. 10대의 영혼을 두드려 내면의 '끌림'이 일어난다면 주체적인 수용의 힘을 일으켜 공감과 위로를 줄 것이다. 궁극적으로는 이러한 문학적인 역량들이 버무려져서 인문학도이든 공학도이든 그들의 인생의 어느 지점에선가 자신의 방식으로 단단해져 다시 '의미 있는 생산'으로 이어질 수 있을 것이다.

학생이 주체가 되는 수업은 교사가 주도하는 감상 수업, 다시 말해 교사가 느끼고 교사가 감상하고 교사가 내면화하는 방식을 지양한다.

학생 자신이 언어의 질감을 느끼면서 작품과 대화하고, 작품 속 상황을 상상하고 사유하고 성찰할 수 있도록 디자인하는 방식을 선택한다. 사람의 온기가 느껴지고, 사람의 목소리가 들리는 수업 패턴으로 문학 수업 본연의 기능을 회복하는 수업인 것이다. 학생이 한 편의 시를 느끼고 감상하고 내면화하여 자신의 방식으로 다시 생산할 수 있도록 하는 흐름이 주된 수업 기법으로 제시된다. 작품을 대하는 학생들의 주체적인 감상과 생산을 향한 능동성이 문학을 즐기는 마음을 일으키기 때문이다.

학생들의 주도적인 참여를 촉진하면서 작품 수용에 대한 호감도를 높여가기 위해서는 문학적인 감동을 학생들의 삶과 자연스럽게 이어주는 교사의 역할이 필수적이다. '작가 ↔ 나(독자)'를 '나(독자)=너(인물)'로 열어주기 위한 것이기도 하다. '작가≠나(독자)'의 거리감을 '나(독자)=너(인물)'의 일체감으로 이끌어가는 수평적인 접근은 학생들에게 작품을 수용하는 태도에 변화를 가져온다. 작가와 작품에 수동적으로 이끌려 가는 감상자에서 감상의 주체로서 작품을 만나는 문학적 호기심과 흥미를 불러일으킬 수 있다. 실제로 '내가 시와 소설에 끌려가는' 것이 아니라, '시와 소설이 나에게 오는' 수평적인 관계로서 학생이 전면에 나서서 작품 수용을 체험하는 것이기에 그러하다. 또한 한 편의 시와 소설을 통해 대등한 시선으로 상황 속에 자신을 이입시켜 다시 자신의 삶을 들여다보는 '자발적인 내면화'도 가능해진다. 이렇게 충만해진 문학적 감동은 내적인 성장과 회복을 통해 깊어져서 다시 무엇인가를 재구성하고 재창조하는 힘을 촉발하는 생산 역량으로 작동될 수 있는 것이다.

- 학생들에게 어떤 문학적 역량을 어떻게 키워줄 것인가?
- 나는 어떤 작품을 어떤 방식으로 가르칠 것인가?
- 감상의 주체로서 학생들에게 낯선 작품과 대화할 수 있는 주체적 수용 능력을 어떻게 제공할 것인가?
- 학생 스스로 능동적으로 즐기는 방식으로 문학적 생산을 어떻게 체험하게 할 것인가?
- 시 수업, 소설 수업을 통해 학생들에게 어떤 삶의 가치와 감동을 주고 싶은가?
- 학생들에게 작품을 통해 자신의 삶을 성찰하는 지점을 어떤 방식으로 제공할 것인가?
- 어떻게 문학을 지속적으로 사랑하는 독자 또는 작가로 키울 것인가?

그렇다면 구체적인 수업 디자인 전략은 무엇일까? 학생들에게 체화된 일상적인 경험, 성장을 통한 경험이 작품을 만나는 순간 함께 구동될 수 있도록 수업을 구성한다. 수업의 흐름은, 작품을 감상하는 역량을 키워주기 위해 작품을 전면에 세우고, 주도적으로 작품을 감상하는 다양한 '방법'을 안내하는 방식으로 진행한다. 또 학생들 스스로 자기 주도적인 감상 능력을 키워 감상의 주체가 되어 '느끼고 즐기고 표현하는' 문학적 생산 활동의 주체, 창작의 주체로 지속적인 경험을 할 수 있도록 한다. 이를 구체화하기 위해 낯선 시와 소설 감상에 개별적으로든 협력하는 방식으로든 주도적으로 참여하며 감상을 친구들과 공유하는 방식을 활용한다. 또한 한 편의 시, 한 편의 소설을 통해 자신의 삶을 들여다보는 능동적인 수용, 작품을 자신의 경험과 감각으로 재구성·재창조·재생산하는 힘, 즉 문학을 즐기면서 생산할 수 있는 힘을 더해주는 수업 방식으로 디자인한다.

1단계: 감성 교육

삶에(사물에) 말 걸기 (생활 속 문학 소통)

↓

2단계: 감상 교육

문학작품에 말 걸기 (문학작품과 소통)

↓

3단계: 내면화 교육

작품을 통해 삶에 말 걸기 (삶의 길 찾기를 위한 의사소통)

2. 생산을 위한 수용 수업

7차 교육과정에서 2015 교육과정까지 문학교육에서 '수용과 생산'은 핵심 키워드로 제시되었다. 하지만 학교 현장에서는 그 정체성과 구체성을 확보하지 못하고 있다. 따라서 수용과 생산을 분절적으로 받아들이는 오해에서 벗어나 수업의 본질과 관련하여 좀 더 궁극적인 역할이 무엇인지를 파악하고 구체적인 수업 기법으로 활용할 필요가 있다. 우리 현실은 어떠한가? 생산과 창작은 누구나 할 수 있는 것임에도 여전히 수용에만 충실할 뿐 생산이나 창작이 작가의 고유한 영역으로 인식되고 있다.

단지 수용만을 위한 감상 수업은 작품을 이해하는 독자로 막을 내리게 한다. 그러나 수용이 생산과 맞물릴 때, 즉 생산을 향한 수용을 생각하는 순간 문학 수업을 바라보는 태도는 변화하기 시작한다. 감상만을 위한 수용 수업이 아니라, 생산을 전제한 수용 수업은 작품이 작가의 생산이라는 사실에 주목하면서 자연스럽게 자신의 생산을 꿈꾸게 한다. 기존의 방식에서 더 적극적인 문학 수업으로의 질적인 변화를 가져온다. 수용을 전제로 나에게로 온 한 편의 시, 한 편의 소설을 자발적으로 더욱 섬세하게 만나게 한다. 생산을 위한 수용 수업이라는 수업의 방향성이 수업 분위기를 고조시킬 수 있다. 작품에 대한 '끌림'의 지점에서 학생의 시선과 감각과 개성을 통해 자신의 방식으로 다시 표현하고 싶은 욕구를 일으킨다. 이른바 '강 건너 불구경'이 아닌 것이다. '나도 작가'가 되어 나의 경험과 감각을 담아보는 것이다. 재해석하고 재구성하고 나의 언어로 재생산하는 것이다. 작품을 매개로 작가처럼 주체가 되어 본격적으로 생산하는 감동과 즐거움을 만나는 것이다. 이때의 감동과 즐거움이 클수록 생산의 힘은 단단해져 '창조적인 욕구'를 자극할 수 있다. 누구라도 무명 시인, 무명 소설가의 길 위에 설 수 있는 욕망을 불어넣을 수 있기에 그러하다. 또한 작가가 되지 않더라도 문학 수업에서 체화된 문학에 대한 주체적이고 자발적인 수용의 힘은 학생들의 삶에서 면면히 살아 숨 쉬며 펜을 들게 하거나, 굳이 펜을 들지 않더라도 삶의 장면마다 자신의 방식으로 생산하고 창조하는 명장면을 만들어줄 것이다.

교사의 문학 수업 담화

"우리는 왜 문학 수업을 하나요? 단지 내신을 위해서, 수능을 위해서만 문학작품을 만나는 것은 문학을 제대로 누리는 것이 아닙니다. 문학은 제한된 교실에서 눈을 열어 세상과 만날 수 있도록 해줄 뿐 아니라 삶에 대한 시선, 사람을 향한 시선을 배울 수 있는 시선을 제공하기 때문입니다.

한 편의 시, 한 편의 소설을 읽는다는 것은 무엇을 의미할까요? 시, 소설을 시험을 위한 분석의 대상이 아니라 마음을 열고 깊이 바라보면 그 속에는 어김없이 살아 있는 한 사람이 서 있습니다. 작품 속에 살아 있는 사람이 느껴지는 순간이야말로 문학작품과 본격적으로 대화를 나눌 수 있는 순간이지요. 문학적인 체험은 교실이라는 제한된 공간에서 벗어나 창 너머에 보이는 사람들과 그들의 삶을 만나게 합니다.

작가는 작품을 생산합니다. 우리도 생산하기 위해서 수용하는 것입니다. 수용했으므로 생산하는 것이지요. 수용했으니 나의 감각으로 재구성하고 재창조하는 실천적인 생산의 주체가 되는 즐거움을 갖는 것입니다. 지금 이 순간, 나에게 문학 수업은 왜 필요한가에 대한 생각을 글로 담아볼까요?"

(고2 문학 첫 시간. 왜 내가 문학 수업에 참여해야 하는지, 문학 수업이 나에게 무엇을 줄 수 있는지, 문학 수업에 어떤 태도로 참여해야 할지……. 시험을 위한 문학작품 감상에 초점이 놓인 문학 수업이 아니라 생산하기 위해 수용하는 문학 수업으로 많은 학생에게 공감을 얻었다.)

지금 나에게 문학 수업은 왜 필요한가? (학생 수업 성찰 글)

언젠가부터 좋은 글귀나 감명 깊은 이야기를 보면, '나도 이런 다른 사람의 인생에 깊은 인상을 남기는 글을 써보고 싶다'는 생각이 들었다. 오늘 수업을 통해 이것이 바로 '수용'이라는 것을 알게 되었고, 이 수업이 모두 끝날 즈음이면 진정한 '생산'을 할 수 있는 '나'가 되기를 바라며 첫 문학 수업을 마친다.

작품 수용과 생산의 가장 큰 힘은 '즐기는 것'이다. 그렇다면 즐기는 힘은 어디에서 올까? 스스로 감상의 주체가 될 때 가능하다. 감상을 할 수 있는 힘을 열어주기 위해서는 교사가 주도하는 감상에서 벗어나야만 한다. 교사의 해설을 통해 이끄는 수직적·종속적 수업이 아니라, 발상에서 표현까지 작품이 창작된 지점마다 교사는 학생들이 작품 속으로 자연스럽게 빠져들 수 있도록 '문학적 감상에 대한 시선'과 '정서적·감성적 시선'을 열어주면서 작품을 대하는 주체로서 갖는 즐거움과 감동을 지속적으로 경험하도록 돕는 것이 중요하다.

지금 나에게 문학 수업은 왜 필요한가? (학생 수업 성찰 글)

문학에 내가 들어가기도 나에게 문학이 들어오기도 한다. 나와 하나가 된 시는 서로를 들여다보며 경험이라는 톱니바퀴를 서로 끼워 맞추어보는 내면화를 거친다. 맞물린 톱니바퀴는 새 톱니바퀴를 제작할 때도, 새 톱니바퀴 조합을 만들 때도 도움을 준다. 비로

소 문학과 내가 하나가 된다.

문학은 세상과 나를 사랑하게 할 수 있는 방법이다. 세상 모든 것을 수용해서 '나'라는 장치를 통해 또 다른 세상을 만들고 또 다른 나를 만날 수 있다. 우리는 문학의 수용으로 감동받을 수 있고 문학의 생산을 통해 세상을 감동시킬 수 있다. 어느 순간 문학은 내게 이름 그대로 다가오지 못했다. 그래서 나에게 문학 수업은 그대로 와야 한다. 삶을 그대로 만나는 시간이 되어야 한다. 문학작품 속에 살아 있는 글로 숨 쉬고 내 안에서 날숨을 생산하고 싶다. 문학을 그대로 수용하고 나만의 생산을 하고 싶다.

실제 수업 장면에서 학생이 작품과 대면하여 감상의 주체로서 감상의 즐거움을 누릴 수 있도록 하는 수업 과정을 생각해 보자. 학생이 감상의 주체로서 가진 흥미로운 경험이 쌓여 감상의 힘이 생기면 '교사가 선택한 문학 텍스트'에서 '학생 스스로 선택하고 즐기는 시, 소설'로 자연스럽게 대상 작품을 확장할 수 있을 것이다. 바로 이 순간, 스스로 작품을 감상하고 해석하는 힘, 진정한 '수용'을 맛보게 된다.

김소월의 〈산유화〉 수업 도입 담화

"여러분은 산속에 피어 있는 이름 없는 꽃 앞에 발걸음을 멈추어 본 경험이 있나요? 그렇다면 김소월은 왜 산유화 앞에서 시선이 멈추었을까요? 홀로 피고 지는 산유화의 모습을 보다가 가슴속에

'와락' 주체할 수 없이 밀려든 감동을 만났을지도 모르겠네요. 그 모습에서 고독하고 외로운 자신의 모습을 보았던 것은 아닐까요?"

학생 스스로 자신의 사색과 경험을 입혀 작품을 재구성·재생산·재창조할 수 있다. 즉 '너'의 노래와 이야기에 '나'의 노래와 이야기를 입히면서 문학적 생산을 할 수 있는 것이다.

김소월의 〈산유화〉 수업 담화

"산속에서 저만치 홀로 뚝 떨어져 피어 있는 꽃, 나처럼 그 꽃을 바라보는 새, 꽃과 새를 바라보는 화자가 함께 산속에 있습니다. 봄, 여름, 가을, 겨울 없이 꽃이 피고 지는 계절 속에서. 모든 생명을 지닌 존재는 삶의 면면마다 홀로 머무는 시간, 고독한 지점이 있을 거예요. 맑고 순수한 고독으로 홀로 꽃을 피우고 지는 산유화처럼 너도 나도 그렇게 홀로 피우고 지는 삶을 사는 겁니다. 피우고 지고, 다시 피우고 지고 그렇게 순환하면서.

고독은 산유화만의 것일까요? 나에게도 어느 순간 고독이 찾아오지 않을까요? 친구들과 함께 교실에 있음에도 홀로 섬에 있는 것 같은 느낌을 만난 적은 없나요? 홀로 있는 친구를 발견한 적은 없나요? 자신의 길을 묵묵히 걸어가시는 부모님의 모습을 발견한 적은 없나요? 여러분의 산유화에게 말을 걸어볼까요?"

한 편의 시, 한 편의 소설은 순간에 머물지 않고 우리 삶의 복판으로 들어가 '깊은 영혼의 울림'을 줄 수 있다. 문학적인 자양분이 정서적·인지적 자극을 주어 우리 자신의 삶 속에서 치유하고 성장하는 감동과 만나는 경험은 깊은 수용의 힘을 일으킨다. 자신의 삶의 길 위에서 다양한 실천적인 문학적 행위로 드러나게도 한다.

나의 산유화에게 말을 걸어볼까? (학생 내면화 글쓰기)

친구들과 즐겁게 지내지만 정말 나와 친한 사람들인 걸까 하는 고독과
가족들과 즐겁게 지내지만 정말 내 마음을 털어놓을 수 있을까 하는 고독과
나는 이 사회에서 많은 사람에게 필요한 존재인 걸까 하는 고독.
아아, 나의 산유화는 가장 아름답게 홀로 피어 있는 것이 아닐까 싶다.
하지만 세월이 흐르다 보면 나의 산유화도 만발한 꽃들 속에서 행복하게 지겠지.
그땐 그 고결한 순간을 지켜주고 싶다.

문학 수업에서 만나는 생산의 즐거움이 내적인 충만을 가져온다면 자신의 삶을 노래하고 이야기하는 무명작가가 되거나, 독자와 교감하는 작가의 꿈을 갖게 될지도 모른다.

3. 인문학적 시선을 여는 수업 프레임

오직 국어를 위해서 국어를, 영어를 위해서 영어를, 수학을 위해서 수학을 하는 것이 아니지 않은가. 교사 스스로 시험과 입시로 제한된 사유를 하는 순간, 문학 수업은 부자연스럽고 생명 없는 것이 되고 만다. 평가에만 예속된 수업은 수업의 질을 떨어뜨리고, 교사의 의욕과 열정을 멈추게 한다. 교사의 시선이 차단되어 있으므로 학생의 시선 또한 열리지 않는다. 분절된 기능적인 수업이 아니라, 통섭하고 융합하면서 삶을 일으키는 역량으로 체화되어야 하는 것이 아닐까. 한 편의 시, 한 편의 소설을 분절적으로 감상하고 그치는 것이 아니라, 동시대를 살아낸 사람들, 다른 시간과 공간을 살아낸 사람들이 어떻게 살아왔는지를 배우고 성장하는 수업이어야 하지 않겠는가.

문학작품에는 삶이 농축되어 있을 뿐 아니라 인문학을 관통하는 통찰의 힘이 담겨 있어서 비문학 읽기와 다른 접근 방식으로 세상과 사람을 만나는 시선을 확장해 준다. '인문학적 시선으로 수업 프레임 잡기'는 삶을 통해 일어나는 감흥을 담아낸 문학작품이 지닌 텍스트의 특성을 수업에 활용하는 기법이다. 문학 수업의 진정성을 담보할 수 있어 교사에게도 학생에게도 특별한 교감을 나눌 수 있는 지점을 제공한다. 교사가 작품을 시작할 때 나누는 '인문학적 시선이 담긴 수업 프레임'은 한 편의 시, 한 편의 소설이 나의 삶과 어떤 양상으로 연결될 수 있는지에 대한 답을 함께 찾아가는 것이기도 하다. '학습 목표'가 교육과정 속의 성취기준을 구체화해 가는 단순하고 기능적인 학습 측면의 제시라면, '인문학적 수업 프레임'은 학생들이 왜 지금 이 순간 작품과 만나야 하는지, 작품이 학생의 삶에 어떤 의미를 갖는지를 나누면서 능동적으로 수업에 참여하는 자발성을 불러일으키는 데 초점을 둔다. 학생들의 삶과 관련지어 작품에 담긴 작가의 진실과 삶의 가치를 성찰하면서, 분절된 감상을 넘어 작가와 작품과 세상을 만나는 삶을 배우고 삶을 일으키는 태도를 공유하는 수업 장면이다.

'인문학적 시선으로 여는 수업 프레임'은 수업을 디자인하는 교사에게도 작품과 작품을 관통하는 맥락을 보는 눈을 열어주어, 교사로서의 수업 비전을 성장시키는 힘을 지니고 있다. 그 힘이 다시 온전히 수업에 머물게 되고 학생들의 삶 속으로 스며들 것이다. 교사의 시선이 수업의 시선이 되고 학생의 시선이 되는 것을 우리는 체험적으로 너무나 잘 알고 있지 않은가.

'인문학적 시선으로 여는 수업 프레임'은 작가가 한 사람으로서 그의 시대와 사람과 삶을 바라보면서 발견한 '끌림'의 지점을 추리하고, 학생들을 작품 속으로 이끄는 수업 대화로 활용한다. 교사가 학생들과 나누는 인문학적 프레임은 학생들에게 작품만으로 한정 짓는 폐쇄적이고 평면적인 시선에서 눈을 돌리게 한다. 왜 작품을 창작했으며 과연 작품 속에 무엇을 담고 싶었는지를 추리하는 과정을 통해 인문학적인 사유의 힘을 키울 수 있도록 돕는다.

다음은 작품에 대한 '인문학적 시선으로 여는 수업 프레임 잡기'를 하기 위해 교사 스스로 던져볼 만한 질문들이다.

- 나는 왜 이 작품을 가르치는가?
- 작가가 작품을 창작하게 된 의도는 무엇이었을까?

• 이 작품을 통해 학생들에게 세상과 삶에 대한 어떤 시선을 열어줄 것인가?
• 이 작품에서 학생들의 삶과 연결 지어 '끌림'이 일어날 수 있는 지점은 어디일까?
• 지금 이 순간 학생들에게 이 작품이 줄 수 있는 가치는 무엇일까?

문학 수업 사례

'한국문학의 보편성과 특수성'과 관련하여 정철의 〈속미인곡〉을 학습하도록 구성된 문학 교과서 내용을 재구성한 수업이다.

교과서에서는 세계문학 속의 한국문학이 지닌 특성으로 '보편성과 특수성'을 언급하고 있고, 이러한 맥락을 구현한 대표작으로 〈속미인곡〉을 학습하도록 제시했다.

정철의 〈속미인곡〉 수업 도입 담화

"의식하지 않아도 지금 눈앞에 있는 것. 너도 느끼고 나도 느끼는 것. 너의 가슴에도 있고 나의 가슴에도 있는 것. 이것이 보편성입니다. (칠판에 '보편성'이라 쓰고 선을 그었다. 길을 표현하기 위해서) 보편성의 길을 가다가 어느 날 문득 와락 달려드는 것이 있습니다. 바로 이 순간이야말로 '결정적인 지점'입니다. 왜냐하면 이 지점은 나만의 심리적인 해석, 현상에 대한 관찰의 순간이기 때문입니다. 그야말로 나만의 것이 탄생하는 지점이지요. 창밖에 눈이 푹푹 나리는데 나귀를 타고 오는 나타샤를 추억한 백석 시인도,

상대성이론을 관찰해 낸 아인슈타인도 이 지점에서 자기만의 것을 세웠을 것입니다. 바로 고유성, 독자성, 나만의 개별성이 탄생하는 떨림의 순간입니다. 우리는 누구나 '보편성' 속에서 나만의 것을 찾고 세우고 싶은 '고유성'에 대한 욕망이 있어요. (칠판에 보편성에 이어서 특수성을 선으로 제시하고 사람 이미지를 그려 넣어 학생들이 상상할 수 있도록 했다.)

보편성 속에서 개별성을 찾을 수 있는 방법이 있습니다. 바로 주체적인 자각입니다. 인문학의 화두이기도 한 'Who am I?'이지요. 나를 느끼고 나를 이해하고 나를 사랑하고 나와 대화하는. 그런데 주체성은 자신에게 집중하고 몰입하는 것이기 때문에 자칫 폐쇄적이거나 경쟁적이거나 수직적인 긴장을 불러올 수 있습니다. 이때 너에게로 경계를 넘나드는 수평적인 사고가 필요합니다. 동시대 너의 삶을 바라보는 수평적인 사고가 더해지면 주체적인 자각은 더 튼튼해지고 단단해지지요. 그 지점에서 '그렇다면 내가 무엇을 할 것인가', '내가 무엇을 해야 할 것인가'와 대면할 수 있습니다. 보편성 속에서 자신만의 특수성과 고유성을 세우고 나만의 명작을 만들어낸 정철을 만나볼까요?"

누군가가 세상을 보는 자신만의 프리즘으로 작품을 생산하듯이, 문학작품이 세상을 보는 인문학적 프리즘이 될 수 있다는 사실은 문학 수업에서 매우 중요한 맥락이다. 작품에 대한 호감도를 높여 감상 수업이 진행되는 동안 작품과 작가의 시선을 학생 자신의 삶 속에 내면화하면서 때론 일체화하고 때론 문제의식을 성찰하게 하므로, 문학 수업을 즐기면서 주도적으로 감상하게 된다.

이육사의 〈교목〉 수업

왜 이육사 시인인지를 부각하면서 시에 대한 공감을 확보하기 위해 '인식과 실천'을 인문학적 프레임으로 잡고, 이육사의 삶의 태도를 실감나게 전달하기 위해 육사의 말(다만 나에게는 행동의 연속만이 있을 따름이요. 행동은 말이 아니고, 나에게는 시를 생각하는 것도 행동이 되는 까닭이요.)을 인용하면서 한 편의 시를 불러냈다.

"왜 이육사 시인일까요? 세상에는 인식만 하고 실천하지 않는 지식인이 많습니다. 참된 지성은 무엇일까요? 앎과 행동이 일체화될 때 실천지성이 되는 것입니다. 인식과 실천을 온몸으로 불사른 시인 이육사의 실천지성을 만나봅시다."

문학 수업에서 교사가 작품을 통해 찾아가는 인문학적 프레임은 수업의 방향성을 잡아준다. 또한 학생들이 문학 수업의 의미를 발견하게 되어 진정한 문학 향유 능력과 역량을 키워준다는 점에서 적극적인 실천적 사유가 필요한 기법이다.

4. 능동적인 대화, 수평적 감상법

작품 감상은 능동적인 대화를 통해 이루어지는 것이다. 능동적으로 대화하기 위해서는 '나'가 작품 속으로 들어가야 한다. 교사는 학생들이 작품 속으로 들어갈 수 있는 길을 열어주어야 한다.

학생이 주도적으로 작품을 만나려면 온전히 '언어'를 느끼고 감각할 수 있어야 한다. 언어를 이해하고 공감하고 상상하고 재생산하는 힘을 주는 수업이야말로 문학 수업의 본질을 회복하는 것이다. 문학의 언어에는 가치와 정서와 감정이 실려 있다. 언어는 세상을 향한 시선, 감정과 느낌의 변화를 따라 움직인다. 이것을 어찌 배우고 그냥 듣기만 할 수 있을까. 느끼고 공감하고 들을 수 있어야 한다. 그가 나에게 다가오고 있는 것이 아닌가. 가슴이 답답하다고, 말을 하고 싶다고. 그의 목소리가 나에게 실감나게 들리므로 그에게 다다갈 수 있는 것이다. 기꺼이 그의 말에 공감하게 되고, 공감하는 깊이만큼 공명 또한 깊어질 것이다. 너의 이야기, 너의 눈물과 슬픔과 울음을 듣다가 나의 슬픔과 눈물을 토해낼 수 있을 것이다. 수평적인 감상은 이렇게 시작된다. 공감과 공명은 행동의 변화를 가져온다. 느낌으로 생산하든 감성의 힘으로 생산하든, 그것이 EQ로 가든 SQ로 가든 마음을 일으켜 펜을 들게 하는 생산의 지점을 만들 것이다.

문학작품이 지닌 개방성과 다양한 지점들을 학생들과 공유하기 위해서는 수평적인 감상이 필요하다. 내가 인물이 되고 화자가 되는 대화기법을 집중적으로 고민해야 하는 대목이다. 시인의 목소리, 소설가의 목소리가 아니라 사람의 목소리로 들려야 한다. 사람의 목소리가 들려야 이해하고 공감하게 된다. 그럴 때 내면화를 불러오고, 깊이 있는 내면화를 통한 생산의 욕구를 발견하게 된다. 그렇다면 이때 교사는 학생들에게 공감 능력을 얼마나 촉발시킬 것인가? 발상의 지점이든 체험의 지점이든 표현의 지점이든 공감이 극대화될수록 내면화의 힘이 커지고 내면화의 힘은 생산에 대한 욕구를 높일 수 있다. 여기에서 재구성도 창작도 나온다. 고전문학 속에 살아 있는 그대이든, 현대문학 속에 살아 있는 그대이든 학생들 앞에 불러와야 한다. 강력한 교사의 지원이 필요한 대목이다. 학생들이 시대적·정서적 간극을 훌쩍 넘을 수 있도록 교사가 움직여야 한다. 그들을 학생들 앞에 불러와야 한다. 그런 뒤에라야 학생들이 실감나게 만날 수 있다.

작가와 작품에 종속적으로 매여 있는 수직적인 사고에서 수평적인 감상으로 시선과 방식을 전환하면 문학 수업이 달라진다. 학생 자신이 언어의 질감을 만지고 느끼면서 문학작품을 만나는 즐거움이나 해석에 대한 욕구도 함께 작동하기 시작한다.

그동안 문학 수업에서 반복되었던 실수는 학생들이 온전히 작품을 만나지 못하고 교사나 해설서에 의존해 작품을 만나게 했던 점이다. 사람의 말, 사람의 목소리, 사람의 온기를 일대일로 만나는 감동을 제공하지 못한 것이다. 시인도 소설가도 나와 같은 사람이며, 내가 시를 쓰듯이 그들도 작품을 쓴 것이니, 누구라도 작가가 들려주는 노래와 이야기에 공감하고 이해하면서 대화할 수 있다. 특별한 사람, 특별한 언어, 특별한 작품이 아니다. '특별함'으로 바라보는 어른들의 시선이 만든 '불편함'과 '거리감'을 '친밀함'과 '따뜻함'으로 수업을 통해 학생들 곁으로 밀착시킬 수 있는 힘이 살아 있는 수업은 감상의 즐거움을 배가한다.

'지존의 작가'가 아니라 나와 다르지 않은 사람으로 듣고 말하는 '수평적인 감상'은 '나도 한번 해볼까' 하는 생산에 대한 욕구를 불러일으킨다. 작가가 세상을 향한 시선, 자신의 삶을 향한 시선으로 생산하고 창작했듯이, 학생들도 자신의 감각으로 생산하는 힘을 키울 수 있을 것이다. 작가의 노래가 귀에 들리고 가슴에 온전히 느껴지므로, 발상에서 표현까지 작가와 대등하게 눈을 맞추면서 느끼고 일체화하고 내면화할 수 있는 힘이 생겨 한 편의 작품을 온전히 품을 수 있게 되는 것이다.

수평적인 감상을 돕는 문학 수업에서 모든 문학적인 개념과 요소는 '학습하기 위해'가 아니라 '감상을 즐기기' 위해서 필요한 도구로, 학생이 흥미롭게 체화할 수 있도록 지원한다. 예를 들어보자.

비유적인 예화로 구성한 '시어' 수업

시어를 단순한 문학적인 개념으로 이해하기보다는 작품 감상에 실질적인 도구로 활용할 수 있도록 하기 위해 스토리텔링 기법을 활용했다. 예를 들어 시인은 언어를 낚아 올리는 어부, 시어는 시어의 바다에 사는 물고기라는 비유적인 예화를 활용하여 수업을 진행했다.

"여기 바다가 있습니다. (실제로 칠판에 바다를 그려봅니다.) 이름하여 '시어의 바다'. 그렇다면 파닥거리는 물고기는 무엇을 상징할까요? 시어 물고기들입니다. 이름을 붙여볼까요. 사랑, 눈물, 꿈, 그리움. 그렇다면 그물을 들고 있는 어부는 누구일까요? 그렇지요, 시인이군요. 시어의 바다에서 황금빛 물고기들만을 낚아 올리는 아름다운 어부. 시인이 펼쳐놓은 아름다운 시어망을 좀 더 섬세하게 즐길수록 한 편의 시를 더욱 실감나게 느낄 수 있어요. 그럼 지금부터 시인이 펼쳐놓은 시어망을 만나볼까요."

비유적인 예화로 구성한 '화자' 수업

시적 화자 개념을 단순한 문학 용어로 받아들이지 않고, 작품 감상에 효과적으로 활용할 수 있도록 하기 위해 스토리텔링 기법을 활용하는 수업이다. '시적 화자가 사는 시의 집'이라는 비유적인 예화를 활용하여 수업을 진행했다.

"창밖에는 눈이 내리고 오늘 나의 마음은 한없이 울적합니다. 눈을 들어 책상을 보니, 한 권의 시집이 우리를 기다리고 있지요. 깊은 밤 하염없이 내리는 눈길 위에 나만의 발자국을 남기며 시의 집을 두드립니다. 누군가 있는 듯한데, 도무지 문을 열어주지 않습니다. 어떡해야 할까요? 내가 문을 열고 들어가야지요. 그리고 시의 집 빈방에 홀로 앉아 울고 있는 그, 흐느끼고 있는 그에게 다가가 그의 속삭임을 들어봐야지요. 가만히 귀 기울이면 그는 가슴 속 슬픔을 솔직하게 이야기합니다. 우리가 할 일은 그의 이야기를 들어주는 것. 그러나 그와 나는 안타깝게도 대화를 할 수 없습니다. 나는 단지 듣기만 할 뿐. 그럼에도 그의 이야기를 듣고 시의 집을 돌아서노라면 나의 마음은 한없이 너그러워지고 가벼워집니다. 그의 눈물은 사실 내 안에도 있는 눈물이었거든요. 한 편의 시를 읽는다는 것은 한 사람의 고백을 듣는 것이지요. 한 사람의 삶을 들여다보고, 그 사람의 눈물과 만나는 것입니다. 시적 화자에게 말 걸기, 시인에게 말 걸기는 우리를 멋진 독자로 이끌어줍니다. 자, 그러면 시적 화자를 어떻게 만날까요? 시적 화자는 누구인가요? 시적 화자는 어디에 있나요? 시적 화자는 무엇을 하고 있나요? 왜 그렇게 하고 있나요? 시적 화자의 목소리로 지금 심정을 이야기해 보세요. 한 편의 시 속에서 우리를 기다리는 시적 화자에게 말 걸기는 느낌이 살아 있는 시를 만날 수 있도록 우리를 이끌어줍니다. 자, 그럼 지금부터 본격적으로 시적 화자에게 말 걸기를 해봅시다."

수평적 감상에서는 학생들이 작품과 일체화하고 내면화할 수 있는 전략(감상 방식, 사유 방식, 질문 방식)을 자연스럽고 유연하게 제공하는 교사의 섬세함이 필요하다. 학생 자신이 발상에서부터 표현까지 언어를 통해 따라가면서 작품 속으로 빠져들고 내면화하는 것이다. 교사는 사이사이를 연결해 주고 머무는 지점을 제공하는 역할에 충실할 뿐, 그 위에서 놀고 즐기는 것은 학생들 몫이다.

문학 수업에서 할 수 있는 수평적 수업으로 '발상 수업'이 있다. 작품의 표현에만 매달려 분석하는 시각에서 수업의 각도를 틀어보는 것이다. 작품의 말단만 붙들고서 어떻게 작가의 세계와 시선을 배울 것인가? 수많은 언어를 한 편의 시에 초대한 작가의 의도가 있지 않겠는가?

발상 수업은 작가의 시선이 작동된 지점에서부터 감상을 시작하는 접근 방식이다. 이러한 수업의 효과를 최적화하려면 교사의 해설이 아니라 작품을 바라보는 시선, 시를 창작하게 된 발상의 순간을 흥미롭게 추리하는 활동으로 시작한다.

발상 추적하기 수업 – 김수영의 〈풀〉

"지금부터 한 편의 시가 창작되는 순서를 추리해 보는 발상 수업을 해볼까요? 다음 세 장의 그림을 순서대로 배열해 보세요.

풀과 눈맞춤 단계인 '사물에 말 걸기'가 첫 번째입니다. 우연히 들길을 걷다가 바람에 나부끼는 풀들을 보며 발걸음을 멈추었겠지요(발상 1). 다음은 '삶에 말 걸기'입니다. 쓰러지고 쓰러지기를 반복하지만 끊임없이 일어나는 풀의 모습에서 나의 삶의 모습과 닮은 점을 발견했을지도 몰라요(발상 2). 마지막으로 이 순간의 끌림과 감동으로 펜을 들게 되었을 겁니다(표현)."

발상 추리하기 수업 – 김영랑의 〈오월〉

"자, 지금부터 교실에 푸른 청보리밭을 펼쳐볼까요. 천 이랑, 만이랑 끝이 보이지 않는 시 속에 끝없이 펼쳐진 들녘, 푸른 청보리밭길, 그 길을 따라 시인의 시선, 시 속 화자의 시선을 따라 함께 우리도 걸어볼까요.

지금부터 남도의 5월이 눈앞에 펼쳐집니다. 지금 내 눈앞에 푸른 청보리밭이 천 이랑, 만 이랑 끝이 보이지 않게 쫙 펼쳐져 있다면 내 마음이 어떨까요? 내가 그 복판에 서 있는 모습을 상상해 본다면? 1930년대, 어두운 시대 현실 속에서 5월 어느 날 문득, 눈앞에 끝없이 펼쳐진 푸른 생명 청보리밭을 만난 시인의 마음은 어떠했을까요? 청보리밭의 복판에 내가 서서, 시인의 마음을 느껴볼까요. 도대체 뭘 본 거죠? 무엇이 가슴을 두근거리게 한 걸까요? 왜 발걸음이 멈추었을까요?"

(청보리밭 관련 영상은 '이낭희 산책 문학여행(http://blog.naver.com/nanghee777) – 문학수업영상 – 김영랑 〈5월〉 청보리밭 속으로' 참조)

이러한 발상을 구체화하기 위해 시인이 어떤 시어를 선택하고 있는지, 효과적으로 전달하기 위해 어떻게 감각화하고 있는지, 언어적인 탄력을 어떻게 주고 있는지에 주목하면서 작가의 시선과 창작 태도를 즐기는 본격적인 '수평적인 감상'을 시작하는 것이다.

5. 교과서·교육과정 창의적 재구성

교사가 교과서를 창조적으로 리드하는 만큼 주도적인 수업 환경이 만들어져 수업의 질적인 변화를 가져온다. 따라서 교사의 주체적인 수업 시나리오로 수업을 디자인하고자 할 때 교과서를 재구성하는 것은 필수적인 과정이다. 교사의 가치와 인식과 비전을 구체화하는 수업이기에 교과서는 교사의 수업을 보조하는 매체로서 수정되고 보완되어야만 한다.

단원 재구성 작업은 학생들을 위해서뿐 아니라 교사 자신을 위해서도 필요하다. 내 가슴부터 뜨겁게 달구어놓아야 하니 말이다. 단원 재구성 수업은 좋은 수업을 디자인하는 교사의 1단계 준비에 해당한다. 여기에 2단계로 단원 학습 내용 관련한 교사 자신의 아이디어와 방법을 덧붙여 이른바 창의적인 수업을 기획할 수 있다면 수업은 본격적으로 빛을 발하기 시작한다.

수업으로 재구성하는 과정은 교사의 수업에 대한 주도적인 기획과 연출이 필요한 창의적인 일인 만큼, 무한한 에너지를 창출하고 교사로서의 전문성을 확보할 수 있는 뜻깊은 성취를 불러온다. '교과서와 지도서를 중심으로 따라하는 수업'이 아니라, 교사가 주체적으로 교육과정에 부합하는 최적의 수업 내용을 구성하고 적용하는 과정에서 교사 스스로 수업 전문가로서 배움과 성장이 뒤따르기 때문이다.

그렇다면 교과서 재구성을 어떻게 시작하면 좋을까?

1단계: 검정교과서 간 단원 재구성

2단계: 검정교과서 통합적 재구성을 통한 추출 + 창의적인 수업 투입

3단계: 수업 시나리오 + 교수·학습 자료 제작(이때 교과서는 보조 자료로 활용한다.)

검정교과서 내에서 단원이나 활동을 통합하거나 다른 검정교과서와 연계하는 것에서 출발하여, 교사 스스로 기획한 창의적인 수업을 연계하는 방식으로 확대해 가는 것이 좋다. 재구성의 최종 단계는 교과서를 최소한의 보조 자료로 활용하고, 교사가 준비한 수업 전략과 자료로 진행해 보는 것이다.

교사의 창의적 구성 전략

① 교과서를 창조적으로 리드하라. (교육과정 재구성)

② 수업의 지향점을 지속적으로 나누어라. ('왜'가 있는 수업)

③ 지식 습득이 아니라 지식을 구성하고 인식하는 과정과 방법에 참여하게 하라.

④ 과제 수행 맥락에 적합한 자원을 실제로 가동할 수 있는 역량을 강화하게 하라.

⑤ 개념이나 대상을 자신의 방식으로 재개념화, 재구조화, 재창조하게 하라.

⑥ 보고 듣고 느끼고 만지는 오감을 자극하고, 감성을 강화하라.

⑦ 장르·매체·영역을 넘나들며 대화하고 협력하게 하라.

⑧ 수평적 사고를 하게 하고 입체적인 해결 방법을 찾도록 안내하라.

⑨ 생활, 체험과 연계한 내면화를 통해 실전에 적용하게 하라.

⑩ 자연과 소통하며 사색하고 성찰하게 하라.

⑪ 수업을 통해 교사 스스로 어떤 성장이 있었는지 성찰하라.

필자의 교단 수기 - 나의 문학 수업 이야기: 교과서를 버려라

늘 내가 주인공이었던 수업에 취하던 어느 날인가부터 나는 수업에 대해 고민하기 시작했다. 교사가 이끌어가는 문학 수업에서 학생들 스스로 참여하고 열어보는 문학 수업을 꿈꿀 수 없을까? 작은 교실이지만 수업의 주인공은 처음부터 끝까지 학생들 자신이어야 했다. 내 안의 작은 바람으로 시작되었지만, 그 힘은 점차 이상적인 수업 모형에 대한 일종의 믿음으로 구체적인 밑그림이 그려졌다.

정적인 문학 교실을 좀 더 역동적인 수업 환경으로 바꾸어보고 싶었다. 그래서 나는 교과서를 버리고 내가 만든 문학 입문서인 《0교시 문학시간》을 수업 지도안으로 재편하여, 방법을 배우는 문학 수업을 열어보았다. 입시 교육에 찌들어 있는 학교 현장, 교과서가 신격화되어 있는 수업 장면을 생각하면 참으로 힘든 선택이었지만 새로움에 대한 도전이 즐겁고 학생들과 함께 일구어가는 수업이 유쾌해서 시작했다.

내가 학생들에게 처음 들려준 이야기는 영화 〈죽은 시인의 사회〉의 키팅처럼 '교과서를 버려라.'였다. 지금도 두 눈 동그랗게 뜨고 의아해하던 학생들의 눈빛이 눈에 선하다. 그러나 교사의 새로운 모험과 도전 없이 교실은 달라지지 않는다. 그 즐거운 항해를 어떻게 포기할 수 있을까. 파닥거리는 물고기들의 생명 넘치는 시선들을 어떻게 외면할 수 있을까. 그들이 바다를 꿈꿀 수 있도록 길을 열어주는 즐거움을 어떻게 포기할 수 있을까. 더 멋진 항해를 위해 아낌없이 힘을 쏟고 싶었다.

"고기 낚는 법을 알려주마, 고기는 너희들이 낚아라."

규격화되고 정형화된 기존 수업에서 탈피하여 새로운 방법을 찾고, 이 방법을 통해 시 감상에 적용해 보는 시 수업을 열었던 것이다. 내가 방법을 알려주면 학생들은 작품에 적용해 보고, 이를 다시 모둠별로 정리해서 발표하는 것이었다. 작품 감상을 위해서는 기본적으로 시적인 장치, 소설적인 장치에 대한 이해가 필요했다. 생활 속에 배어 있는 문학 이야기에서 출발해서, 그 이야기는 전략적으로 짜인 문학 장치와 연결되고, 다시 작품 속에서 밀도 있게 만나보는 수업 장면으로 이어졌다. 물론 교사가 준비한 그 시간의 완벽한 시나리오 속에서 학생들은 능숙한 배우처럼 움직이기 시작한 것이다. 시나리오는 해당 수업 시간을 통해 계속 보완되고 다듬어졌다. 시간이 흐를수록 학생들은 더 완벽한 수업 모형으로 살아 있는 문학 수업에 참여할 수 있었다.

이러한 문학 수업을 통해 학생들은 스스로 문학작품을 분석하는 방법을 익히게 되었다. 그리고 1년간의 문학 수업을 마무리하면서 학생들은 저마다 자신의 힘으로 만든 시 해설집, 소설 해설집이라는 열매를 거두었다. 고기를 낚는 법을 배운 학생들은 그들 스스로 멋진 사공이 되어 자신만의 문학의 바다를 항해하고 있었다.

6. 문학 융합 감상법

문학 수업이 21세기를 살아가는 학생들의 삶에 어떤 기여를 할까? 문학은 시대를 막론하고 삶을 관통하는 힘을 지녔다. 학생들 삶의 장면마다 함께할 수 있는 '지속성, 연속성'을 열어주는 문학 수업은 매우 긍정적인 가치와 힘을 보여준다. 이러한 맥락에서 볼 때 우리의 문학 수업의 마지막 과제는 '확장성'이다. 문학이 사람들에게 공감과 감동을 불러일으키는 힘은 무엇일까? 시간과 공간을 뛰어넘어 사람의 마음을 울리는 문학작품이 지닌 '연속성'이 아닌가. 문학작품이 지닌 연속성은 다시 시대와 세대를 뛰어넘어 삶을 어루만지는 문화를 향유하고 문화 콘텐츠를 재생산하는 확장성으로 발휘될 것이다. '확장성'을 구체적으로 공감하고 체험하는 수업을 디자인한 이유이기도 하다.

문학을 즐기는 힘이 문화를 향유하는 힘으로, 더 나아가 문화 콘텐츠를 생산하는 힘을 키우는 수업으로 디자인하는 방법은 무엇일까? 이 수업을 다자인하기 위해서는 교사 스스로 한 편의 문학작품에 머물지 않고 문학작품의 생산을 문화적인 맥락과 연계하여 이해하는 거시적인 관점과 전략이 필요하다. 수업에서 다루게 될 문학작품과 관련하여 21세기 학생들이 가장 가치 있게 공감할 수 있고 감각적으로 실감할 수 있는 확장된 문화 콘텐츠를 수업에 불러오는 전략에서 출발한다. 우리 시대 문화 속에서 원형으로 살아 움직이는 문학의 숨결을 느끼면서 과거의 작품 속으로 들어가는 방식이다. 지금 우리의 문화에서 작품 속에 담긴 시대로 거꾸로 거슬러 가는 것이다. 조선 시대, 고려 시대, 삼국 시대, 다시 개화기, 1920년대, 1930년대, 1960년대, 1980년대, 지금 나의 일상 속으로 순환하는 것이다. 21세기 바로 지금 확장된 문화에서 문학작품 복판으로 들어가고, 문학의 복판에서 지금 이 순간 21세기의 방식으로 변주되고 재생산된 문화의 단서를 찾아가는 수업 흐름이다. 이러한 과정을 통해 문학의 연속성을 체험하고, 문학이 시대적인 상황과 어떻게 교감하면서 확장해 갈 수 있는지를 배우면서 문화를 향유하고 생산하는 힘을 키우는 것이 바로 문학 융합 수업 기법이다.

〈정선아리랑〉 문학 융합 수업

전략 1: 현재에서 과거로 - 지금 우리 시대, 〈아리랑〉은 어떻게 공유되고 있을까?

전략 2: 작품 감상 - 그렇다면 〈아리랑〉은 어떤 노래인가?

전략 3: 과거에서 현재로 - 지금 우리 시대 〈아리랑〉을 어떻게 재생산할 수 있을까?

한국 문화 → 케이팝 공연 〈아리랑〉 → 〈정선아리랑〉 → 21세기 〈아리랑〉에 대한 재해석

"세계 속에서 뜨겁게 살아나고 있는 우리 문화가 무엇일까요? 바로 케이팝입니다. 케이팝 공연의 마지막을 장식하는 노래가 있습니다. 우리 전통 민요 〈아리랑〉입니다. 이 노래가 지닌 힘은 무엇일까요? 논밭에서, 삶의 길 위에서 흘러나오는 노래, 언제 누구에게 배웠는지도 모르게 부르는 이 노래. 답답한 마음에 떠오르는

한 소절을 불러내면 서로가 '아리랑 아리랑 아라리요' 후렴구를 더해줍니다. 그렇게 불린 〈아리랑〉이 지역마다 몇백 수입니다. 한국인이 살아 있는 한, 한국인의 가슴이 식지 않는 한 수없는 〈아리랑〉은 새롭게 더해질 것입니다. 하나의 작품으로 완성된 닫힌 구조가 아니라 입에서 입으로 더해지는 개방적인 구조를 가지고 있습니다. 이것이야말로 〈아리랑〉이 살아남는 힘, 우리 문화의 힘일 것입니다.

최초의 〈아리랑〉인 강원도 〈정선아리랑〉을 감상해 볼까요? 민요의 형식에 '한'을 담은 내용이 있네요. 화자를 중심으로 노래를 즐겨볼까요? 노래 속에 흘러나오는 '한'의 정체는 무엇일까요? 사연으로 들어가 보면 애틋한 사랑의 노래가 들립니다. 정선 아우라지 뱃사공에게 싸릿골 올동백 지기 전에 임 만나게 배를 띄워 달라는 여인의 애원이 흘러나옵니다. 구체적으로 어떤 상황일까요? 세상에 못 이룬 사랑이 어디 한둘일까요?"

과거의 작품 속에서 다시 지금 여기로, 작품을 매개로 내포와 외연을 통해 지금 여기에 살아 있는 문학을 만나면서 문학이 재생산될 수 있는 가능성을 경험하는 융합 수업이다. 〈아리랑〉이 현대에 와서 어떻게 다양한 방식으로 변주되고 있는지를 보여주는 영상 중에서 한 편을 선택했다. 폴모리아 악단이 공연한 〈아리랑〉 연주를 배경음악으로 실루엣 처리된 두 사람의 애틋하고 섬세한 동작들이 주는 여백을 상상하는 '소리를 움직임으로 듣게' 하는 영상이다. 〈아리랑〉을 재구성하는 힘을 보여주는 이 한 편의 영상을 통해 문학이 문화로 어떻게 넘나들 수 있는지, 문학이 문화로 어떻게 확장될 수 있는지를 느낄 수 있다. (관련 영상은 '이낭희의 산책 문학여행(이하 '이낭희블로그') – 발상과 표현 – 아리랑, 소리를 움직임으로 듣다' 참조)

"〈아리랑〉의 변주입니다. 민요라는 문학 콘텐츠에 영상과 음악을 더해 문화 콘텐츠를 만들고 이를 공유하는 방식을 보여줍니다. 이처럼 오늘날 〈아리랑〉이 재구성되는 방식을 참고하여 문학작품을 나만의 문화 콘텐츠로 생산해 볼 수 있을 것입니다."

〈아리랑〉 내면화 수업

작품을 자신의 삶 속에서 내면화하는 수업이다. 〈아리랑〉이 내 삶 속에서, 지금의 나에게 어떤 의미가 있을까? 화자의 마음을 느끼면서 그들의 삶의 노래를 들어보고, 자신들의 상황에 맞게 변주하며 재생산해 본다.

10대의 시작을 성적 걱정으로 시작하고
10대의 끝을 대학 걱정으로 끝내는구나
아리랑 아리랑 아라리요
아리랑 고개로 나를 넘겨주게

고2 교실에 웃음꽃이 다 무엇이냐
웃음꽃은 어디 가고 수행평가만 가득하네
아리랑 아리랑 아라리요

아리랑 고개로 나를 넘겨주게

고된 시험지 위로 청춘이 지고

야자 교실 너머로 소쩍새 우네

아리랑 아리랑 아라리요

아리랑 고개로 나를 넘겨주게

떨어진 성적은 종이에 기대 있지

떨어진 자신감은 어디에 기대볼까

아리랑 아리랑 아라리요

아리랑 고개로 나를 넘겨주게

하루 종일 내 마음 간절함으로 가득하고

대학 가자 대학 가자 한없이 되뇌이네

아리랑 아리랑 아라리요

아리랑 고개로 나를 넘겨주게

3장

문학 수업 실행 기법

1. 사람의 목소리를 들어라

학생 개개인은 시에 담긴 언어의 맛과 생생한 결을 느끼며 한 사람을, 그의 삶을 만날 수 있어야 한다. 시에 담긴 언어는 죽은 언어가 아니지 않은가. 언어들의 뒤에 숨어 있는 한 사람의 영혼과 대면하려면 살아 있는 언어, 살아 있는 사람이 들려주는 목소리에 귀를 기울여야 한다.

해설에 기대어 끌려가는 시 수업이 아니라, 시의 언어를 통해 학생들이 느끼고 공감하고 내면화할 수 있도록 이끌어주는 수업 기법은 필수적이다. 시인은 언어로 말을 하니 시는 처음부터 끝까지 언어가 알파요 오메가가 되어야 하지 않겠는가. 시를 읽는다는 것은 시인의 시선과 마주하는 것이다. 작품에 대한 깊이 있는 이해와 공감은 작품에 대한 '끌림'을 부르고, 끌림이 클수록 자신의 삶 속으로 내면화하는 문학적인 욕구가 커진다. '그렇다면 나도!' 이 지점이야말로 감상의 주체에서 생산의 주체로 넘어가는, 생산의 주체에서 창작의 주체로 넘어가는 결정적인 지점이 되는 것이다.

미술과 문학이 만난 융합 수업

시는 언어로 이미지를 담고 있으므로 그림과 닮았다. 고흐의 명화를 미디어아트로 표현한 영상은 느낌이 살아 있는 생생한 그림으로 독자에게 어떻게 다가설 수 있는지를 보여주기 때문에, 학생들이 한 편의 시를 어떻게 만나야 하는지를 안내하기에 매우 좋은 자료가 된다. 정지된 그림 한 장 한 장을 실아 움직이는 그림으로 만든 미디어아트 영상의 몇 장면을 보여주었다. 살아 움직이는 그림을 통한 감각적인 즐거움이 한 편의 시에서도 적용될 수 있음을 나누고자 한 수업이다. 죽은 활자가 아니라 살아 있는 사람의 목소리로 온기를 느끼는 시 감상이 주는 특별한 즐거움을 안내할 수 있다. (관련 영상과 이미지는 '이낭희블로그 - 발상과 표현 - 밀레의 그림을 수십 번 그려낸 고흐의 그림' 참조)

"고흐의 명화를 미디어아트로 표현한 영상을 보고, 원작과 미디어아트가 어떻게 다른지, 그 느낌이 어떻게 변화하는지 비교하면서 감상해 봅시다."

문학 수업은 감상의 주체인 학생이 언어를 느끼고 만지는 수업이어야 한다. 교사는 학생들이 한 편의 시를 마주할 수 있도록 날것 그대로를 제시해야 한다. 시에 담긴 누군가의 목소리를 들을 수 있는 마음과 눈과 귀만 있다면 누구라도 시를 읽고 느낄 수 있을 것이다. 한 편의 시를 만나는 단서는 오직 언어가 아닌가. 시어 하나하나를 발견하고 느껴가며 교사가 학생과 함께 눈을 마주하고 시 속으로 뚜벅뚜벅 걸어가는 것이다. 시 속에 누가 살고 있는지 말은 할 수 없지만, 그가 나에게 하고 싶은 말이 무엇인지 귀를 기울여 가만히 듣다 보면, 자신의 감정과 느낌을 가지고 자연스럽게 공감하게 되고 위로도 하고 싶어지는 것이다. '너'는 또 다른 '나'일 수 있으니까.

언어를 느끼고 만지는 수업

문학 수업은 작품으로 시작하는 것이 효과적이다. 작품 속 언어가 알파요 오메가이므로 온전히 언어를 붙들고 작품을 만나게 해야 한다. 작가는 작품을 감상한 이후에 만나도 늦지 않다. 작가 이야기를 먼저 수업에 등장시키는 순간 문학 수업은 작품 외적인 지식에 기대는 양상을 보이게 되어 학생들이 감상의 주체로 서는 힘이 약해진다. 또 작품 감상에 대한 학생들의 능동성과 의욕을 반감시킬 수 있으므로, 꼭 필요한 정보가 아니라면 문학적인 배경지식은 작품 감상 이후로 배치한다.

"시인은 언어로 말해요. 시 속에 작가가 독자에게 전하고 싶은 모든 것이 숨은그림찾기처럼 담겨 있습니다. 시의 언어들을 비집고 들어가 작품 속에 살고 있는 너(시적 대상)를 만나고 작품 뒤에 모습을 감추고 있는 시인을 만나볼까요? 지금은 아무것도 잡히지 않는 처음 보는 한 편의 시. 오직 시의 언어를 붙들고 누가 살고 있는지, 무엇을 하고 있는지 만나보기로 해요. 시인은 오직 언어로 말합니다. 자신의 내면을 드러내는 도구가 언어 아닌가요? 그러니 시의 언어는 메마른 언어가 아니라 시의 언어에는 살아 있는 감정이 담겨 있죠.

한 편의 시를 만나는 것은 어마어마한 일이에요. 한 사람을, 한 사람의 일생을 만나는 것이니까요. 시 속의 언어들을 생생하게 느낄 수 있다면 좁은 교실에서 벗어나 시간과 공간을 넘나들게 될 것입니다. 상상할 수 있는 힘만 있다면 지금 눈앞에서 저 드넓은 '바다'로 뛰어들 수도 있어요. 쏟아지는 폭포수 밑으로 나를 데려갈 수도 있고요. 그리고 저 광활한 우주의 복판으로 나를 데려갈 수도 있습니다. 생생하게 살아 있는 언어로 만나세요. 시에 펼쳐놓은 언어의 결을 느낄수록 시는 살아서 나에게로 뚜벅뚜벅 걸어올 테니까요."

시의 언어를 통해 교사와 학생이 함께 시와 대화하는 과정은 학생들이 시어에 더욱 집중할 수 있게 해주고, 시를 감상할 수 있는 능력을 키우도록 돕는다.

문학은 언어예술이므로 온전히 언어를 붙들고 선다. 시인의 슬픔도, 눈물도, 상처도, 삶의 이야기도 언어를 통해 흘러나온다.

2. 언어를 이미지로 펼치게 하라

'언어'를 어떻게 하면 좀 더 살아 있는 느낌으로 받아들이게 할 수 있을까? 여기서 중요한 점은 문학작품 속의 언어는 '이미지를 가진 언어'라는 사실이다. 학생들은 이미지의 속성과 특징을 감각적으로 받아들이기 때문에 언어에 대한 거부감을 지닌 학생일지라도 이들의 강점인 '이미지에 대한 감각'을 부각시키면서 유도하면 작품에 빠져들기가 쉬워진다. 시어를 살아 있는 이미지로 펼치는 순간, 시의 언어가 생생한 느낌으로 다가오기 시작한다.

'언어=이미지' 패턴으로 언어를 감각적으로 느낄 수 있도록 안내하면 자연스럽게 학생들이 시를 읽는 즐거움을 느낄 수 있으므로 시 감상에 대한 자신감과 호감도를 높여준다. '언어=이미지'의 시선이 마음에 작동하면서 시를 느낄 수 있는 시심도 발동하니까.

생생한 언어를 느끼는 이미지 연상 수업

'언어=이미지'로 펼치는 수업을 진행한다. 언어를 지시적인 의미를 전달하는 도구로 이해하는 것이 아니라, 언어를 생생한 이미지로 펼치는 감각과 감성을 회복시키는 수업이다.

"이미지를 연상해 볼까요? 지금 눈앞에 눈발이 흩날립니다. 함박눈 펄펄 흩날리는 눈길을 걸어도 좋고, 소리 없이 내리는 첫눈을 그저 바라보고만 있어도 좋아요. 어떤 느낌으로 다가오나요?"

눈 – 첫눈 – 함박눈 – 첫사랑처럼 – 첫눈 오는 날의 약속 – 눈길을 걸었던 그때 그 순간 – 눈 내리던 날의 추억 – 첫눈 오는 날에 쓰던 편지: 시어가 주는 느낌을 확장하는 이미지 연상

영상시를 활용한 시 수업

중학생이 창의적인 수행평가로 직접 제작한 영상시를 활용한 수업이다. 영상시를 통해 시어를 이미지로 잡는 감각을 공유하고, 박재삼의 〈추억에서〉를 통해 시어망에서 시적 상황에 대한 이미지로 확장할 수 있도록 이끌면서 시어를 이미지로 잡아낸 영상시를 감상하도록 했다. (관련 내용은 '이낭희블로그 – 영상시(중)' 참조)

이미지를 활용한 상황 스케치 수업

시, 소설 수업 도입에서 작품의 상황 속 대표 이미지와 작품 속 상황을 추리·상상할 수 있는 발문을 제시하여, 만나게 될 작품에 대한 궁금증과 호

기심을 유발할 수 있다.

그네를 타는 주인공은 누구일까?

그네를 타며 그녀가 바라보는 시선은 어디?

그녀의 곁에 서 있는 여인은 누구?

(서정주, 〈추천사〉)

눈 내리는 겨울 시골 간이역에 가본 적이 있나?

어떤 느낌이 들었나?

만나고 헤어지는 인생의 간이역

(곽재구, 〈사평역에서〉/ 임철우, 〈사평역〉)

방 안에 인상적인 사물은 무엇?

아홉 켤레 구두가 왜 방에 있을까?

그렇다면 구두의 주인공은 누구?

(윤흥길, 〈아홉 켤레의 구두로 남은 사내〉)

(관련 내용은 '이낭희블로그 – 영상시, 시화퍼즐, 소설화퍼즐' 참조)

한 편의 시에 담긴 언어들을 이미지로 살려내면서 행을 가르고 연을 넘나들다 보면 감추어진 밑그림을 찾을 수 있다. 또 언어와 이미지를 넘나드는 수업은 좌뇌와 우뇌를 모두 자극하여 입체적인 해석력과 창의적인 상상력을 강화하는 데 도움을 준다.

3. 스토리텔링을 입혀라

'스토리텔링'에 대한 관심이 뜨겁다. 기본적으로 사람은 이야기를 주고받으며 소통하고 싶어 한다. 문학 속의 '이야기'가 세상을 움직이는 중요한 장치로 활용되는 지점이기도 하다. 스토리텔링을 활용한 수업은 이야기를 전달하는 방식과 효과를 학생들이 실제로 체험하면서 스스로 체화할 수 있다는 장점이 있다. 기능적인 소통과 다르게 이야기가 있는 소통 방식은 '이성보다는 감성'을, '머리보다는 가슴'을 자극함으로써 마음을 움직이는 힘이 있지 않은가.

문학적 상상력과 추리력을 강화하는 스토리텔링을 통한 '예화' 기법은 이야기를 통해 문학이 가진 상상력의 여백인 '빈틈'을 즐기면서 흥미롭게 작품에 빠져들도록 유도한다. 개념과 원리를 이야기로 엮는 스토리텔링 수업은 '비유적인 예화'나 '생활 속 예화'를 적절하게 원용하여 학생들의 호감도를 높일 수 있다. (구체적인 수업 내용은 6장 참고)

교사가 학생들과 나누는 스토리텔링 수업은 인문, 사회, 역사, 예술, 문화 등과 밀착되어 학생들이 다양한 문화 콘텐츠를 생산해 내는 주역이 될 수 있게 한다. 문학의 확장성을 공감하고 활용하는 생산 능력을 통해 대중가요는 물론이고 광고, 영화, 연극, 드라마, 게임 시나리오 등 다양한 대중문화 콘텐츠로 새롭게 탄생할 수 있지 않을까. 이야기를 생산하는 특별한 즐거움을 문학 수업에서 제공할수록 학생들의 문학적인 역량은 배가된다.

4. 수용·생산하는 방법을 안내하라

학생들 스스로 시와 대화할 수 있는 즐거움을 줄 수 없을까? 수용하는 방법, 생산하는 방법을 안내하는 기법을 활용할 수 있다. '결과'보다 '방법'을 안내하는 감상 수업은 '어쩔 수 없이'가 아니라 '즐기는 방식'으로 감상의 주체, 생산의 주체가 될 수 있도록 돕는다. '누구에 의해서'가 아니라 '나 자신이 즐길 수 있는 방식으로' 작품을 대하는 관점과 태도를 바꾸어준다. 방법을 배우는 수업은 작가의 삶에 대한 고백과 삶의 이야기를 수평적으로 감상하면서 작가의 생산을 구체적으로 경험할 수 있도록 수업의 흐름을 잡아주는 것이 효과적이다.

수용하는 방법을 배우는 수업 - 학생 참여 발표 수업으로 진행

이육사의 〈교목〉과 다른 시를 엮어 읽으면서 진행한 수용 활동이다. 교사는 학생들의 수용 활동을 촉진하기 위해서 먼저 '시 속의 낯선 시어들만 풀어주기'를 한다. 그리고 짝 활동으로 시어망을 중심으로, 화자와 화자가 바라보는 시적 대상을 중심으로 시 속의 상황을 포착해서 발표하도록 한다. 교사는 해석의 오류 부분만 검증하는 수준으로 감상의 물길만 잡아주면서 학생들 스스로 작품을 해석하고 이해하면서 수용을 경험하고, 친구들과 공유하면서 수용을 체험한다. 학생들은 시어의 속성을 활용하여 〈교목〉과 〈절정〉의 맥락과 의미를 해석하고, 〈교목〉과 〈절정〉의 공통점, 〈교목〉과 〈바위〉의 공통점을 중심으로 발표한다. 교사와 함께하는 작품 감상이 끝나면 학생들 두세 명이 함께 다른 작품을 가지고 '엮어 읽기 발표'를 한다. 수업 시간에 익힌 전략을 활용해 학생들 스스로 작품을 감상하는 수용의 힘을 경험할 수 있다.

학생들이 다양한 전략을 통해 문학을 즐기고 대화할 수 있는 힘이 생기면 '문학적인 끌림'이 일어나 낯선 작품을 읽어낼 수 있는 능동적인 독자, 능동적인 생산자가 된다. 성급하게 모범답안을 제시하는 수업이 아니라, 학생들이 즐기고 싶은 욕구가 일어나는 수업, 참여하고 적용해 보고 싶은 욕구를 일으키는 수업 방식으로 진행한다. 어떻게 시를 감상해야 할지, 어떻게 소설을 읽게 할지에 대한 방법과 과정을 안내하는 수업은 학생들이 주도적으로 즐기는 독자가 될 수 있도록 지원할 수 있다. 방법 중심의 문학 수업으로 일어난 작품 감상에 대한 능동적인 힘은 학생 스스로 작품에, 자신의 삶에 적용해 보는 생산 수업을 지향하게 한다.

생산하는 방법을 배우는 수업

학생 자신의 경험과 감각을 발휘하여 생산의 즐거움을 나눌 수 있는 수업으로 기획한 것이다. 〈속미인곡〉을 21세기를 살아가는 나의 감각으로 재구성하는 활동이다. 갑녀와 을녀의 대화를 카톡으로 재구성하거나, 적절한 이미지를 입히거나, 작시를 하고 곡을 붙여 노래로 부른 음성 파일을 삽입하거나 하여 〈속미인곡〉을 영상으로 재구성하게 했다. 문학 수업에서 작품과 교감하는 문학적인 끌림이 충만해지면 학생 스스로 아름다운 생

산에 도전한다. (관련 영상 자료는 '이낭희블로그 – 창의문학수업활동 – 고전 영상으로 재구성하기' 참조)

작가의 경험과 사색에 대해 학생들이 느끼는 '경험의 간극'을 교사가 메워준다면 학생들은 좀 더 구체적으로 자신의 체험과 관련지어 작품을 감상하고 작가를 만날 수 있다. 더불어 가치 있는 특별한 경험을 자신만의 언어로 형상화하는 작가의 생산 활동을 눈여겨보면서 자신의 수용과 생산을 향한 자발적인 욕구를 자극할 수 있다.

이러한 맥락에서 볼 때, 교사는 학생들이 작품을 즐기면서 주체적으로 수용하고 생산할 수 있는 방법을 안내하는 데 집중할 필요가 있다.

수용하는 방법을 배우는 모둠 수업

다음은 학생 활동 중심의 문학 수업을 위해서, 시와 소설에 쓰이는 문학적인 장치들과 구성 요소들을 학생들 스스로 감상 방법으로 활용할 수 있도록 한 1년간의 프로젝트형 수업이다. 1학기는 시 수업, 2학기는 소설 수업으로 진행했다. 개별적인 감상 전략을 익힌 뒤에는 모둠별로 협력하여 스스로 시 읽기, 소설 읽기에 도전할 수 있도록 했다. 방법을 알려주고 스스로 적용해 보도록 하는 방법 중심의 감상 수업이다.

개별 학습에서 모둠 학습으로 이끄는 문학 수업 방법

① 1단계: 시, 소설을 이루는 기본적인 문학적 장치, 갈래별 구성 요소들

을 이해한다. (개별화 수업)

② 2단계: 개별적인 장치들을 엮어 시 읽기, 소설 읽기의 방법적인 전략을 제시한다. (개별화 수업)

– 운율로 읽기, 시어의 속성으로 읽기, 시간의 흐름으로 읽기, 정서의 흐름으로 읽기, 시 속의 상황으로 읽기

– 배경으로 읽기, 인물을 중심으로 읽기, 구성을 중심으로 읽기, 갈등을 중심으로 읽기

③ 3단계: 사이버 학습용(교사 수업 블로그)으로 주제별 시 감상 읽기, 소설 감상 읽기를 개별 학습 자료로 제공한다. (개별화 수업)

④ 4단계: 전략을 근거로 스스로 시 읽기, 스스로 소설 읽기를 시도한다. (모둠별 발표 평가)

⑤ 5단계: 스스로 시 읽기, 소설 읽기의 마무리로 '내가 만든 시 노트', '내가 만든 소설 노트'를 완성한다. 방학 과제로 제시했으며, 사전에 작품 목록과 양식을 배부하여 완성하도록 지원한다.

수업을 효과적으로 만들기 위한 몇 가지 준비

① 조별로 자리를 배치한다.

② 조별로 작품 읽기 전략에 대한 활동지를 나누어주고 활동 방법을 안내한다. 이때 활동지는 시와 소설 읽기 전략을 학생들 스스로 수행할 수 있도록 단계별로 구성한다. (활동 길잡이 – 갈래별 방법 안내 – 작품 분석)

③ 조원들은 협력하여 방법을 적용하는 작품 분석을 수행한다.

④ 각 조의 조장은 조원들이 감상하고 분석한 결과를 취합하여 내용을 정리한다.

⑤ 조별로 정리한 내용을 발표하고 공유한다.

⑥ 발표 후 학생들의 질문과 발표 조의 답변 시간을 갖는다.

수행평가와 연계하여 운영할 수 있으며, 학생들의 적극적인 참여를 유도하기 위해 조별 수업 참여도(수행 과정의 참여도, 조별 발표 시에 조원들의 참여도)를 수행평가 점수에 반영하면 효과적이다.

박두진의 〈도봉〉 – 조별 발표 내용

저희 조는 선생님이 제시한 전략 5단계를 충실히 지켰습니다. 먼저 시 제목을 보고 상상하기를 해보았습니다. 도봉산의 모습을 그림으로 그리고 그 속에 서 있는 시적 화자를 그려보았습니다. 저희가 가보았던 산의 모습과 느낌을 이야기해 보고, '시적 화자는 산속에서 무엇을 하고 있을까?' 하고 물음을 던져보기도 했습니다. 그리고 시를 소리 내어 읽었습니다. 읽으면서 각자 의미 있다고 생각되는 시어에 밑줄을 긋고 전체 흐름을 살펴보았습니다. 그리고 이번 전략의 가장 큰 특징인 시행의 변화를 찾아보았습니다. 이 시의 1~3연과 4연에서 큰 변화가 느껴졌습니다. 1~3연은 글자 수가 적어 호흡이 느리고 여백이 많았습니다. 고요함과 적막감이 느껴졌습니다. 4연부터는 호흡이 빨라지면서 시적 화자가 본격적으로 모습을 드러냅니다. 그리고 시적 화자의 고민이 고개를 들면서 나의 고독한 정서가 부각되기 시작합니다. 시행의 변화를 중심으로 살펴보고 나서, 시의 내용 감상은 시어의 의미를 최대한 살려보았습니다. 1연의 '산새', 2연의 '구름'은 비슷한 구조로 되어서 산의 적막감을 표현합니다. 3연의 '가을 산', '어스름'에서는 시적 화자가 머물고 있는 공간이 보입니다. 4연에서는 누군가를 부르는 화자의 모습이 매우 외로워 보입니다. 5연에서는 헛된 울림만 되돌아옵니다. '빈 골'을 한 번만 하지 않고 '골-골' 함으로써 아무도 없는 외로움이 더욱 부각됩니다. 6연은 해가 지는 모습에서 밤이 다가오는 모습으로 바뀝니다. 7, 8연은 밤이 오는 것과 외로운 화자의 고독한 정서가 연결됩니다. 밤이 오면 시적 화자는 더욱 고독해지겠지요. 삶에 대해 쓸쓸함을 느끼는 화자는 인생이 허무하다는 것을 압니다. 그래서 사랑은 괴롭다고도 합니다. 사랑이 괴로운 이유는 이별의 아픔 때문일 테지요. 9연의 '그대 위하여'라는 시구에서 화자는 아직도 임을 사랑하고 있음을 알 수 있습니다. 그리고 '이제도'라는 시어에서 아직까지 잊지 못하는 임이 '그립고 외롭다'라는 느낌을 받았습니다. '이 긴 밤과 슬픔'은 화자가 '외로움이 얼마나 강하면 밤을 이리 길게 느낄까'라는 생각마저도 들게 합니다. 마지막 연에서 임이 어디 있는지 알 수는 없지만, 임을 기다리며 그리워하는 화자의 모습이 보입니다.

김정한의 〈모래톱 이야기〉 - 조별 발표 내용

우선 우리 조 아이들은 제목을 보고 상상하기를 했습니다. '모래톱' 뭐지? 글을 세 번가량 읽어본 후에야 의미를 찾을 수 있었습니다. 내용이 어렵게 느껴지기에 해석이 빗나갈지도 모른다는 생각이 들기도 했습니다. 하지만 우리는 나름대로 머리를 모아 소설을 읽어나갔습니다. 우선 이 글을 쓴 사람은 건우네 반 선생님입니다. 이 선생님은 자신이 보고 들은 조마이섬 이야기를 관찰하듯 써 내려갑니다. 조마이섬 사람들의 삶의 터전에 대한 애착과 현실과의 싸움이 드러납니다. '1-1'에서는 인물들이 나오며 이야기를 시작하고, '1-2'에서는 이 글이 쓰인 계기(건우 할아버지가 '나'에게 하는 말), '1-3'에는 구체적인 이야기가 나옵니다. 건우 할아버지를 비롯한 마을 사람들의 모습. 삶의 위기가 닥쳐오고, 위기는 마을 사람들이 살기 위해 둑을 무너뜨리는 장면에서 깡패같이 생긴 청년이 나타나 방해하는 것입니다. 마을 사람들은 땅과 서로의 목숨을 지키기 위해 함께 둑을 무너뜨리지만 그 청년들(반동 인물)은 욕심 때문에 그들의 터전에 간섭과 방해를 일삼습니다. "내가 그랬소." 이 부분에서는 소설의 분위기가 최고조에 이르며 긴장감이 돕니다. 여기서는 마을을 위하고, 탄압에 대한 희생을 자신이 치르려는 갈밭새 영감의 모습이 나타납니다. 마을(자신들의 터전)을 지키려는 의지와 그 의지를 꺾으려는 압력이 맞부딪치는 장면입니다. '1-4'로 가보면, "폭풍우는 끝났다."라는 부분에서 그들의 처절한 싸움이 끝났다는 걸 보여줍니다. 결말 부분에서 갈밭새 영감의 감옥살이로 넘어가며 이야기가 끝납니다. 제목인 '모래톱 이야기'처럼 서서히 스러져 가는 마을 사람들……. 모래톱은 이 조마이섬 사람들의 약한 힘을 의미하는 것 같습니다. 모래톱으로 아무리 싸워도, 그러니까 이 마을 사람들이 아무리 혼신의 힘을 다해도 잘못된 힘에 무너져 버리는 것을 표현한 것 같습니다.

5. 귀납적 방식으로 추리하게 하라

학생들의 문학적인 사고력, 추리력, 상상력을 강화하는 수업을 하기 위해서는 개념과 원리를 먼저 제시하는 고전적인 수업 방식에서 벗어나야 한다. 작품의 배경지식을 동원한 접근 방법은 주체적이고 적극적인 감상에 오히려 역효과를 가져올 수도 있다. 이보다는 작품에 대한 구체적인 감상을 통해 작품의 배경적인 상황을 유추하는 귀납적 방식의 접근이 문학을 보다 주체적이고 효과적으로 감상하기 위한 좋은 틀이 될 수 있다.

전달하고자 하는 개념이나 이론의 연역적인 접근에서 벗어나, 설명하고자 하는 내용이 잘 드러나는 작품들을 제시하고 특징을 발견하도록 하는 것이다. 제시한 작품에서 1차로 발상과 표현, 작가의 창작 의도 등을 발견하게 하고, 2차로 작품들이 지닌 개별적인 특징 또는 작품 간의 공통점과 차이점을 찾아내도록 유도하는 방식으로 수업을 진행할 수 있다.

그렇다면 학생 스스로 탐구하고 사유하고 성찰하면서 작품이 지닌 특징을 발견하고 추리하는 힘을 키울 수 있는 수업을 어떻게 할 수 있을까?

시의 '이미지'에 대한 수업을 예로 들면, "이미지(심상)란……" 하는 식으로 교사가 설명을 하는 순간 학생들은 사고가 제한되면서 단순히 개념을 받아들이고 이해하는 사고 구조에 갇히게 된다. 그러나 개념은 잠시 접어두고, 가장 잘 보이는 시, 가장 잘 들리는 시, 가잘 잘 느껴지는 시를 먼저 제시한 후 각각의 작품들이 독자에게 전달하는 감각적인 효과를 느낄 수 있도록 안내하고 차이점을 찾아내도록 유도하는 것이다. '화자 수업'이라면 10대부터 노년까지 다양한 화자의 목소리가 실린 시를 제시하고, 목소리가 주는 분위기의 차이를 느껴보게 할 수 있다.

귀납적인 작품 감상은 학생을 먼저 작품과 대면하게 하여 스스로 사고하고 추리하고 적용하는 과정에 참여하면서 자기 주도적인 감상 능력과 수용 능력을 향상시킬 수 있다. 1단계는 학생이 탐구하고, 2단계로 교사가 학생들이 발견해 낸 것을 정리하는 형태로 진행한다.

귀납적으로 접근하는 이미지 수업

기존의 수업은 대체로 이미지의 개념이나 종류 등에 대한 내용을 교사가 먼저 정리하고 나서 구체적인 작품 속에 적용해 보는 연역적인 방식이었다. 귀납적 수업은 이미지 특성이 잘 드러나는 작품들을 제시하여 학생 스스로 '보이는 시, 들리는 시, 몸으로 느껴지는 시, 냄새로 느껴지는 시'의 감각적인 효과의 차이를 비교하면서 '이미지 기법'을 재개념화할 수 있도록 돕는 수업이다.

소설의 시점이 지닌 효과를 탐구하는 귀납적 수업

시점이 다르게 적용된 구체적인 사례를 통해 시점이 주는 효과의 차이점을 이해하면서 서술자의 시점과 태도에 따라 이야기 전달 방식이 변화하는 것을 배울 수 있도록 구성한 수업이다.

"두 글에서 느껴지는 서술자와 인물과의 거리는 어떠한가요?"

① 나는 오늘 아침에도 어제 일이 생각나 개운하지 않았다. 엄마가 살아온 지난날들을 충분히 이해하고도 남는다. 나는 도저히 상상할 수 없는 고통을 감수하면서 살아온 시간들. 그럼에도 내 마음에선 묘하게도 안타까움과 원망의 마음이 함께 자라난 것 같다. 어제 일도 사실 그런 생각이 내 안에 꾸물거리고 있었기 때문에 생긴 일이었다. 엄마의 삶에 대한 불만이 나와 엄마의 보이지 않는 거리를 만들고 있다는 생각도 든다. 창틈으로 새어드는 아침 햇살에 눈이 부시다. 나는 참을 수 없어 커튼을 왈칵 밀쳐버렸다.

② 아침 햇살이 벌써 눈부시다. 방문을 열어보았으나 엄마는 보이지 않았다. 늘 그랬던 것처럼 조금도 흐트러짐 없이 바르게 정돈되어 있는 물건만이 한눈에 들어온다. 내 방에 다시 들어왔다. 그런데 방 책상 위에 누가 놓았는지 편지 한 통이 눈에 들어온다. 펼쳐 보니 엄마의 글씨였다.

'너를 지켜보는 엄마 또한 너무 힘들구나. 너의 모습이 이해가 되면서도 엄마의 지난 날들과는 너무나 다른 너를 보고 있으면 참을 수가 없구나. 어제 일은 우리 서로 이해하자. 엄마에게도 시간을 좀 다오.'

한참을 지나고서 엄마는 돌아오셨다. 그러곤 아무 말 없이 방문을 닫으셨는데, 방 한켠에서 흐느끼는 소리가 새어 나왔다. 그리고 이내 흐느낌은 통곡으로 변해가고 있었다.

"다음은 우리에게 익숙한 〈춘향전〉의 일부를 서술 시점을 달리하여 표현한 것입니다. 두 글에서 서술자는 누구일까요? 서술자가 이야기를 전달하는 태도는 어떠한가요?"

① 꽃피는 춘삼월 이팔청춘 춘향이는 향단이와 더불어 오늘도 남원이 한눈에 들어오는 광한루에 올랐다. 몸단장을 하고 숨을 고르며 향단의 구령에 맞추어 힘껏 발을 굴렀다. 춘향이 그네를 뛸 때에 바람에 날려 춘향의 흰 속곳이 언뜻언뜻 날리는데……

② 꽃피는 춘삼월 이팔청춘 춘향이는 봄의 흥을 이기지 못하여 향단과 더불어 오늘도 남원이 한눈에 들어오는 광한루에 올랐다. 몸단장을 하고 나온 춘향은 향단의 구령에 맞추어 힘껏 발을 구르는데 하늘에 닿을 듯이 날아오르고 날아오르고 하는 동안 춘향의 마음은 한껏 부풀어 올라 부러울 것 없는 여인이니. 이때 춘향이 그네를 뛸 적마다 바람에 흰 속곳이 언뜻언뜻 날리는데, 이를 보는 남정네의 마음에 하늘에서 하강한 선녀가 날아오르는 듯한 착각을 불러일으키더라.

소설의 서술 기법을 탐구하는 귀납적 수업

교사가 작성한 실제 사례 글을 통해 서술상의 차이를 비교하면서 소설의 언어 표현, 즉 서사, 묘사, 대화를 탐구하는 귀납적 수업이다. 교사는 먼저 학생 스스로 사례를 통해 각각의 특징을 추출할 수 있는 기회를 제공한 후에 이론적인 설명을 덧붙인다.

① 옆집에 사는 차돌이는 요즘 웬 여드름이 그렇게도 극성을 부리는지. 그렇지 않아도 새까만 얼굴에 울긋불긋 돋아나는 여드름은 사정없이 그의 얼굴을 강타하고 있다. 처음엔 뺨에 나기 시작하더니 어느 순간에 번지기 시작하는데, 마치 기름통에 불을 지른 듯 미친 듯이 툭툭 올라오는 거야.

② 차돌이의 여드름 사건은 사실 피부의 이유 있는 반항이었다. 얼마 전 우리 동네에 골목길 돌아 들어오는 맨 끝 집 말이야. 그 집에 정말 고백하건대, 내 생애 한 번 볼까 말까 한 대단한 여학생이 이사를 온 거야. 얼굴만 예쁘면 그래도 덜할 텐데. 그날 밤 우린 못 들을 걸 들었어. 그 아름다운 노랫소리. 도깨비에 홀린 듯 두 발이 꽁꽁 묶여버렸어. 마음까지도 말이야. 그러니까 차돌이가 그 보기 흉한 몰골이 된 건 그날 밤부터야. 운명의 신은 불쌍한 차돌이를 왜 그렇게 만드셨는지. 얼굴은 못생긴 데다가 숫기 없기로 소문난 차돌이가 혼자 속 끓이며 괴로워하는 건 너무 당연하잖아.

③ "차돌아! 너 요즘 무슨 고민 있냐? 얼굴에 불이 났네? 솔직하게 고백해 봐." 머뭇거리기만 하는 차돌이는 마침내 결심했다는 듯이 한마디를 던졌다.

6. 자신의 삶 속으로 내면화하게 하라

작품 속 '너'의 이야기가 '나'의 이야기로 들리는 순간 '자발적이고 능동적인 내면화'가 가능해진다. 작품 속 상황에 대해 '인물 공감, 정서 공감, 시선 공감'이 이루어지는 수업은 학생들에게 한 편의 시와 소설이 갖는 의미를 실감나게 전달할 수 있다. 너(작품 속 상황)를 보다가 나(독자의 상황)를 보고, 나를 보다가 너를 보는 방식을 통해 작품은 더욱 실감나게 다가오면서 끌림과 감동을 주기 시작한다.

신경림의 〈농무〉 – 내면화 수업

신경림의 〈농무〉를 해석하는 과정 내내 농민들을 바라보는 시인의 시선과 언어에 집중하도록 했다. 농민들의 삶과 심정을 추리하면서, 그들에 대한 시인의 마음을 공감할 수 있도록 이끌어간 것이다. 그리고 이 수업의 느낌에 대한 마무리를 이렇게 했다.

"신경림 시인은 이렇게 말했어요. '시라는 건 인간의 냄새가 나야 해요. 사람 냄새, 사람들의 사는 냄새.'라고요. 나의 눈물과 나의 슬픔만을 어루만지던 시선, 너의 눈물만을 바라보는 시선에서 공동체를 향한 시선, 공동체의 아픔 속으로 눈을 돌린 시인의 시선의 힘, 언어의 힘은 어디에 있는가를 느껴보세요. 시인이 농민들의 가슴속으로 들어가 일체화되지 않았다면 아마도 이런 시를 쓸 수 없었을 거예요. 이 농민들의 비통한 슬픔을, 이 터질 듯한 울분을 담아내기는 어려웠을 겁니다. 그들의 삶 속으로 들어가서 완전히 일체화했기 때문에 그 속에서 아름다운 시 한 편이 탄생한 것이지요.
대상을 받아들일 때 있는 그대로 받아들이는 것, 완전한 일체화 또는 일체화를 향한 나의 깊은 공감은 독자들에게 깊은 공명의 힘을 일으킵니다."

내면화 수업 학생 후기
선생님이 작품 하나하나를 가르치실 때가 모두 나에게는 결정적인 지점이었지만, 특히 작품을 통한 내면화는 나를 일으킨 힘이 되었다. 언어에 담긴 마음과 의도를 추리하고 공감하면서 작품과의 거리가 좁혀졌고 작품 속 상황이 공감되기 시작한 것이다. 무뎌진 나의 감성을 다시 일깨워준 그 순간들이 나에게는 모두 소중했다.

1990년 영화 〈죽은 시인의 사회〉를 보았던 교사 초임 시절, 영화가 끝나고 스크린 위에 자막이 올라가고 있었으나 객석에서 오래도록 일어날 수가 없었다. 영화에 대한 감동을 좀 더 품고 싶어서였다. 그 이후 〈죽은 시인의 사회〉는 문학 교사의 인생을 흔들었고, 모든 수업과 강의 현장마다 함께했다. 100번도 넘게 본 이 영화의 마지막 장면이 지금도 가슴을 두근거리게 한다. 마음을 울린 한 권의 책, 그 마지막 장을 다 읽고 나면 책을 붙들고 방 안을 서성거리게 된다. 감동을 좀 더 품고 싶기 때문이다. 한 권의 책, 그 곁에 머무는 시간이 나를 키우는 시간이 되었기 때문이다.

내면화 글쓰기 수업

한 편의 작품에서 학생들의 삶과 가장 의미 있게 만날 수 있는 결정적인 지점이 어디일까를 고민하고, 그 지점에서 내면화 글쓰기를 시작한다. 내면화 글쓰기는 학생의 상황과 맥락을 고려한 글쓰기 활동으로, 작품을 내면화하는 학생의 삶에 가장 밀착시킬 수 있는 글쓰기 유형을 제시하여 성찰과 성장을 하도록 돕는 글쓰기 활동 수업이다.

학생 내면화 글쓰기 – 〈목계장터〉, 〈농무〉 속의 그대에게

과연 슬프지 않은 삶이 있는가? 삶의 본질은 슬픔인가, 기쁨인가? 만일 삶의 본질이 기쁨이라면 왜 모두가 슬퍼하는가? 왜 모두 떠나가는가? 네 주위엔 조무래기들과 처녀애들이 있었다. 하지만 지금 우리 주위엔 무엇이 있는가? 네 슬픔을 비교할 수 없다. 네 슬픔과 나의 슬픔 중 무엇이 더 큰지, 더 아픈지는 누구도 정할 수 없다. 그렇기에 난 네 슬픔을 받아들일 수 있다. 네 슬픔과 울분은 그 무엇과도 비교할 수 없으니 받아들일 수 있다. 떠나든 떠나지 않든 유랑을 하든 정착을 하든 슬픔은 항상 따라온다. 그러니 내가 너를 받아들여 주겠다. 네 슬픔은 그 무엇과도 비교할 수 없으니.

내면화 글쓰기 수업 성찰 글

내면화하는 동안 나는 무명의 시인이었고, 무명의 평론가였고, 무명의 화가였다. 처음으로 시를 읽고 나서 나의 감정과 태도를 생각했고, 내가 화자, 서술자, 주인공이 되어보았다. 18세라는 감정이 나중에 크면 지금과 같지 않음을 알기에 이 시간은 나에게 소중했다. 꽃을 보며 내가 아직 설렐 수 있음을 알았고, 이런 감정이 18세만의 특별한 감정이라는 것을 안다. 후에 어른이 되어서 사회에 나가면 이런 감정은 사라질지도 모르니까. 내가 이렇게 느꼈다는 것만으로도 나는 따뜻해질 수 있을 것을 안다. 나의 마지막 문학 시간은 애틋하고 아쉽기만 하다. 그렇기 때문에 더욱 기억에 남으리라.

7. 작품을 아름답게 생산하게 하라

학생이 감상의 주체가 되고, 문학적인 역량을 내면화하는 데 생산 활동은 큰 의미가 있다. 작가의 작품을 자신의 경험과 감각으로 새롭게 생산하는, 즉 '제2의 창작'을 경험하는 순간이기 때문이다. 따라서 학생들이 지닌 문학적 감각과 역량을 발휘할 수 있는 입체적인 활동에 기반한 수업 기법이 개발되어야 한다. 작품의 상황과 맥락을 고려하여 개별적인 작품이 지닌 특성에 맞는 질 높은 입체적인 방식을 제공할수록 학생들이 느끼는 생산의 기쁨은 배가될 것이다. 다양한 매체(영상, 사진, 그림, 이미지, 만화, 에세이 등)를 활용해 다양한 갈래(영화, 연극, 드라마 등)의 변형을 시도하면서 자신의 감각으로 재생산하는 '즐거움'과 '감동'을 만나도록 하는 섬세한 배려가 필요하다. 학생들 개개인의 감성과 감각과 표현이 존중되어야 하며, 주체적인 독자로서 '생산'을 경험하는 순간이므로 문학이 주는 즐거움을 최대한 만끽할 수 있도록 해야 한다.

또한 생산 활동의 즐거움을 지속적으로 교사와 학생이 공유하기 위해서는 학생들의 결과물에 대한 교사의 진정성 있는 '피드백 수업'이 함께 진행되어야 한다. 학생들이 완성한 작품의 장점을 부각시켜서 아낌없이 격려하고, 학급 간 공유하는 방식을 사용하는 것도 효과적이다.

학생들의 활동 결과물 가운데 우수 사례를 이미지 파일로 제작해 놓으면 또래의 감각이 실린 매우 효과적인 교수·학습 자료로 사용할 수 있다. 이는 학생들의 더욱 열정적인 참여를 촉진하는 자극제가 되기도 한다.

나만의 영상시 만들기 수업

이미지, 사진, 음악 등을 입체적으로 활용하여 나만의 영상시를 만드는 활동이다. 영상시 재구성 활동 후에 우수 영상시는 시 수업에서 교수·학습 자료로 다시 활용한다. 수업 전방위로 활용되는 입체적인 활동 사례가 된다. ('이낭희블로그'에 중·고등학생들이 만든 영상시 200여 편이 수록되어 있다. 이 밖에 '고전 영상으로 재구성하기', '작가 탐구 프로젝트' 활동 등도 참조할 수 있다.)

8. 내면화를 위한 최적의 교수·학습 자료를 투입하라

나만의 수업을 디자인하고 싶은 교사의 바람은 입체적이고 창의적인 수업 전략을 고민하고 추진하게 한다. 교사는 문학 수업을 살릴 수 있는 최적의 교수·학습 자료를 투입하여 수업 효과를 극대화할 수 있다. 학습자의 수준과 흥미, 상황과 맥락에 맞는 최적의 수업 전략, 전략을 구현하는 최적의 교수·학습 자료 등이 유기적으로 살아 있는 수업을 기획하기 위해서는 다음과 같은 것들을 고려해야 한다.

첫째, 교사 스스로 해당 수업에서 학생들과 공유하고 싶은 수업의 가치, 비전, 지향점을 세운다.
- 나는 이 작품을 왜 가르치는가?
- 나의 학생들은 이 작품을 왜 만나야 하는가?

둘째, 작품 속의 상황과 관련지어 학습자의 수준과 흥미를 고려하여 최적의 몰입을 불러올 수 있는 영상을 선별한다. 체험적인 공감, 감성적인 공감을 일으키는 도입 영상이 효과적이다.
- 학생들에게 어떤 공감을 불러올 것인가?
- 어떤 지점에서 학생들의 감성을 흔들 것인가?

셋째, 교수·학습 자료를 활용하여 수업에 대한 긴장과 몰입과 확장을 불러올 수 있는 최적의 투입 시기를 결정하고 적용한다.
- 수업의 도입 부분에서 몰입 영상으로 활용할 것인가?

- 수업이 끝나기 직전, 작품 속 느낌을 최고조로 끌어올리는 클라이맥스 영상으로 사용할 것인가?

넷째, 몰입 영상은 도입 영상과 다르게 내면화를 부르는 클라이맥스 지점이다. 영상을 통해 정리된 여운을 담아 나의 삶 속에서 다시 성찰하는 글쓰기를 통해 내면화하는 기회를 갖는다.

영상을 활용한 내면화 수업

다음은 '수업에서 나눈 감동을 무엇으로 극대화하여 여운을 줄 것인가?', '자신의 성장으로 내면화하면서 세상을 향한 다양한 시선을 어떻게 갖게 할 것인가?'를 염두에 두고 활용한 영상들이다. (관련 자료들은 '이낭희블로그 – 문학수업영상' 참조)

신경림의 〈농무〉 – 클라이맥스 영상 : 장사익의 〈찔레꽃〉

신경림의 〈농무〉를 감상한 후에, 서민들의 한을 노래한 소리꾼 장사익이 창작한 노래를 들려주며 '한'의 요소가 시와 노래로 재해석되고 표현되는 것에 대한 교감을 나누었다.

〈운영전〉 – 몰입 영상 : 영화 〈러브스토리〉, 〈로미오와 줄리엣〉

〈운영전〉 수업 도입 부분에서 관련 영상으로 영화 〈러브스토리〉 3분 영상과 〈로미오와 줄리엣〉 2분 영상을 통해 동기 유발을 하고, 조선 시대 러브스토리 〈운영전〉을 감상했다.

윤흥길의 〈장마〉 – 클라이맥스 영상 : 영화 〈포화 속으로〉

윤흥길의 〈장마〉를 읽고 나서, 영화 〈포화 속으로〉 감상(3분) 후 학도병 이우근의 편지를 감상한 다음 '성찰하는 글쓰기' 활동으로 이어갔다.

〈규중칠우쟁론기〉 – 클라이맥스 영상 : 관현악 협연 실황

〈규중칠우쟁론기〉 감상 후 정희성의 시 〈숲〉을 감상하고, '더불어숲'이 되는 엔리오 모리꼬네 관현악 협연 공연을 보며 자신의 체험 속에서 사물에 말 걸기, 즉 '규중칠우'를 적용하여 성찰 글쓰기를 했다.

작품 속에서 나의 삶을 만나는 내면화 수업

나에게 산다는 것은? 소설 〈사평역〉 속 인물 중에서 선택하여 인물 독백 형식을 빌리고 인물에 '나'를 넣어서 표현해 보는 활동이다.

'중년 사내'에게 산다는 것은?

중년 사내에겐 산다는 일이 벽돌담 같은 것이라고 여겨진다. 햇볕도 바람도 흘러들지 않는 폐쇄된 공간, 그곳엔 시간마저도 아무런 흔적을 남기지 않는다. 마치 이 작은 산골 간이역을 빠른 속도로 무심히 지나쳐 가버리는 특급열차처럼……. 사내는 그 기차를 세울 수도 탈 수도 없는 것을 잘 알고 있다. 그러면서도 여전히 기다릴 도리밖에 없다는 것. 그것이 바로 앞으로 남겨진 자기 몫의 삶이라고 사내는 생각한다. (소설 〈사평역〉에서)

학생 내면화 글쓰기

나에게 산다는 일은 그저 초등학생 계획표 같은 것이라고 여겨진다. 규칙적이고 어떤 빈틈도 없는 시간표. 여기엔 오락마저도 오차도 예외도 없다. 나는 날마다 반복되는 일상에서 벗어날 수 없다는 것을 알고 있다. 그러면서도 여전히 변하고 싶어 한다는 것. 그것이 바로 앞으로 남겨진 나의 삶이라고 생각한다.

'대학생'에게 산다는 것은?

대학생에게 삶은 이 세상과 구별할 수 없는 그 무엇이다. 스물셋의 나이인 그에게는 세상 돌아가는 내력을 모르고, 아니 모른 척하고 산다는 것은 절대로 용서할 수 없다. 그런 삶은 잠이다. 마취 상태에 빠져 흘려보내는 시간일 뿐이라고 청년은 믿고 있다. 하지만 그는 얼마 전부터 그런 확신이 조금씩 흔들리기 시작하는 걸 느끼고 있다. 유치장에서 보낸 한 달 남짓한 기억과 퇴학, 끓어오르는 그들의 신념과 아랑곳없이 이루어지고 있는 강의실 밖의 질서……. 그런 것들이 자꾸만 청년의 시야를 어지럽히고 혼란을 일으키고 있는 중이다. (소설 〈사평역〉에서)

학생 내면화 글쓰기

나에게 산다는 것은 달리기다. 열여덟의 나이인 나에게는 남들이 앞서가는 것도 모르고 아니 모른 척하고 산다는 것은 절대로 용서할 수도 없다. 그런 삶은 주저앉는 것이다. 무릎 꿇고 가만히 흘려보내는 시간일 뿐이라고 나는 생각한다. 하지만 나는 얼마 전부터 그런 확신이 조금씩 흔들리기 시작하는 것을 느끼고 있다. 학교에서 석 달 남짓 보내면서 기억들과 추억, 노력하는 친구들의 마음과는 아랑곳없이 떨어지는 교실 안의 현실……. 그런 것들이 자꾸만 나의 시야를 어지럽히고 혼란을 일으키고 있는 중이다.

9. 학습 패턴을 제공하는 워크북을 활용하라

학생들의 수준과 상황에 따라 방법과 원리를 적용할 수 있도록 단계적인 학습을 패턴화하여 제공하는 워크북을 활용할 수도 있다. 감상 방법 중심의 기본 접근 툴을 제공해 감상하는 과정을 배우고 적용할 수 있는 힘을 키우는 방식이다. 중학교 1~2학년 대상의 감상 초급 단계에서 활용할 수 있다.

단계별 워크북을 활용한 시 감상 수업

연마다 시어 그물 만들기를 통해 시어를 포착하고, 시어를 통해 연에 담긴 대표적인 밑그림(이미지)을 스케치하고, 그 속에서 화자가 무엇을 하고 있는지를 한 문장으로 표현하면서 상황을 포착한 후, 맥락 질문을 통해 시적 상황 속으로 유도하는 수업 방식을 적용해 본 것이다.

학생들은 단계별 활동을 통해 시 감상 패턴을 익히게 되고, 다른 시 감상에도 적용할 수 있는 힘을 기를 수 있다.

워크북 양식 (예시)

	시 속으로 (시 읽기, 화자에게 말 걸기)	시어 그물 만들기 (밑그림 만드는 시어 표시하기)	밑그림 스케치 (인상적인 장면 그리기)	한 문장 스케치 (화자는 ~을 하고 있다.)	내가 만든 질문지 (내용 이해 돕는 맥락 질문)
1연					
2연					
3연					

단계별 워크북을 활용한 소설 감상 수업

- 1단계: 갈등의 변화를 따라가면서 이야기나 구성의 흐름을 잡게 한다.
- 2단계: 구성 단계별로 내용 이해 수준의 기본 맥락 질문을 통해 상황을 좀 더 세밀하게 포착하도록 한다. 단계별로 이야기의 흐름을 통해 대표 장면을 그리거나 스케치하게 한 후, '질문 속 질문'으로 이야기를 전달하는 효과적인 장치나 심층적인 이해가 필요한 부분을 제시하여 심화 감상의 기회를 제공한다.

워크북 양식 (예시)

	발단	전개	위기	절정	결말
구성상 특징					
기본 맥락 질문					
장면 스케치					
질문 속 질문					

단계별 워크북을 활용한 희곡 감상 수업

- 1단계: 갈등의 변화를 따라가면서 구성의 흐름을 잡게 한다.
- 2단계: 구성 단계별로 등장인물을 잡게 하고, 장면 및 상황 이해를 위한 맥락 질문으로 내용을, 인물들이 주고받는 대사를 통해 말에 드러난 태도와 심리의 변화를 포착하도록 한 후, 장면별로 인상적인 '말'을 찾고 장면을 요약하도록 안내한다. 학생들은 단계별 활동으로 희곡의 주요 전달 방식인 '대화'와 '행동'에 드러난 심리와 갈등과 해결을 이해하게 되고, 다른 작품에도 적용할 수 있는 힘을 기를 수 있다.

워크북 양식 (예시)

	발단	전개	위기	절정	결말
구성상 특징					
공간적 배경					
등장 인물					
맥락 질문					
대화에 드러난 태도, 태도 변화					
인상적인 말					
장면 요약					

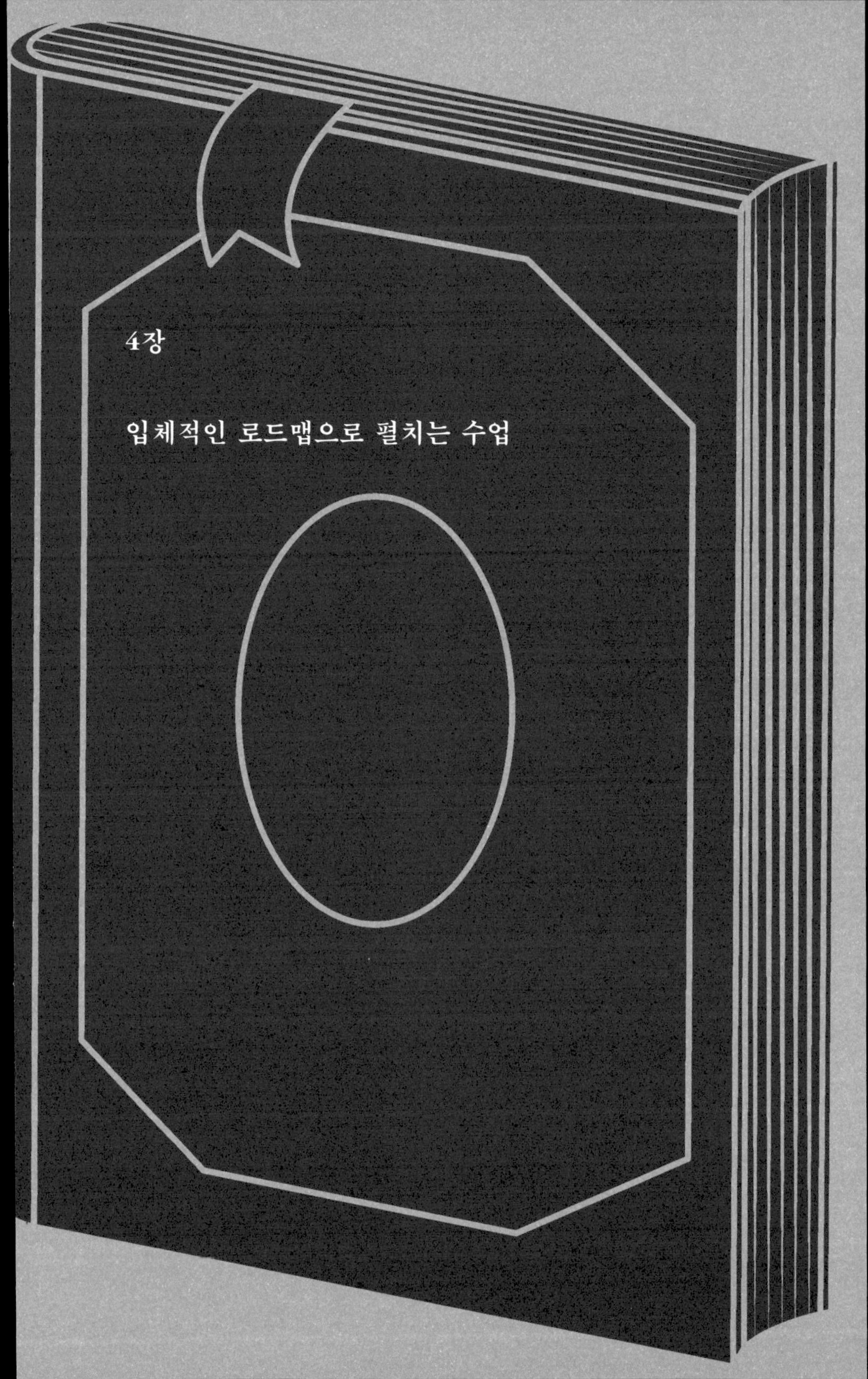

4장

입체적인 로드맵으로 펼치는 수업

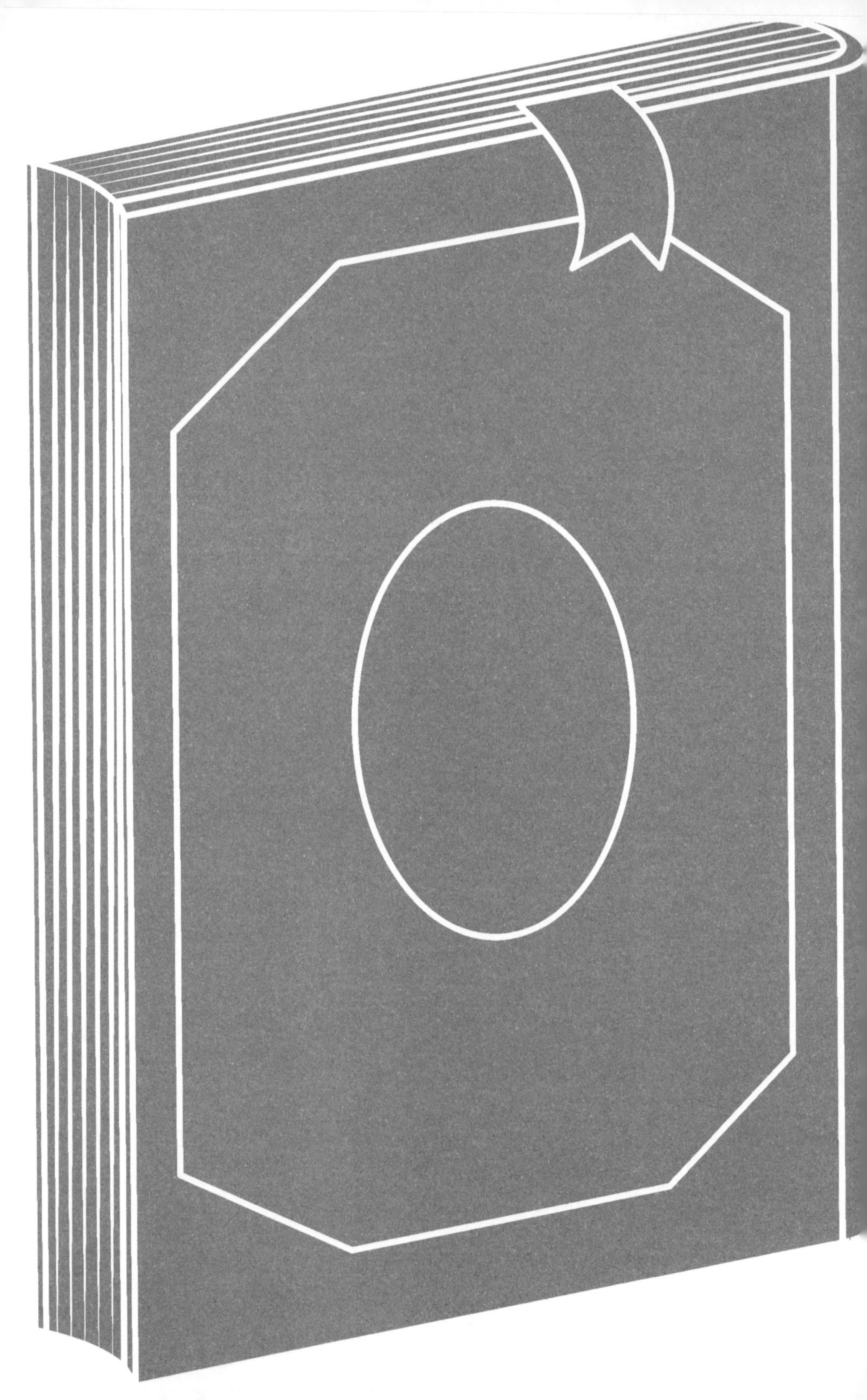

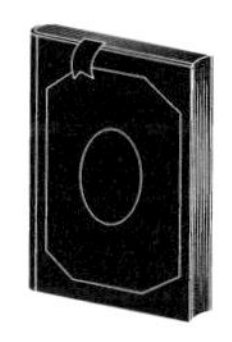

1. 시 로드맵 수업

입체적이고 통합적인 감상 틀은 학생들 스스로 작품을 보는 다양한 관점과 해석의 방법을 자연스럽게 체화하도록 이끌어줄 수 있다. 기본 수업 로드맵을 중심으로 개별 작품이 지닌 내용과 형식의 특성에 맞게 교수법을 탄력적으로 변형하면서 입체적인 나만의 시 수업을 디자인할 수 있을 것이다.

활동 단계	활동 초점	활동 내용 및 교수법
감상 전	수업 워밍업	**사물에 말 걸기, 삶에 말 걸기:** 삶에 기반한 공감 영상, 포토에세이 글쓰기를 통한 문학 감수성 기르기 전략
감상 중	수용 방식 익히기	**발상 따라잡기:** 창작된 시를 역으로 추적하면서 발상과 표현을 되짚어보는 감상 전략
		상황 스케치: 시 감상 직전에 상황이 담긴 그림을 통해 학습자의 동기를 유발하는 감상 전략
		시어망 잡기: 시에 펼쳐진 시어망을 통해 화자를 중심으로 시적 상황을 한 문장으로 포착하는 감상 전략

		질문 감상법: 감상, 기본, 심화로 구성된 교사와 학생들의 맥락 질문을 통해 심층적인 감상 능력을 기르는 전략
		엮어 읽기: 맥락이 유사한 다른 작품 읽기를 통한 확장된 감상 전략
		클라이맥스 영상: 작품을 학생의 경험이나 삶과 관련지어 내면화를 촉발하는 역량 기르기 전략
감상 후	수용 및 생산하기	**내면화 활동하기:** 작품을 자신의 삶에 적용하는 메타적 글쓰기, 영상 재구성 및 학생 주도 프로젝트 활동을 통한 생산 전략

step1. 발상 따라잡기

53쪽에서 예시한 것처럼, 김수영의 〈풀〉을 통해 발상과 표현의 과정을 역으로 추리하는 활동이다. 수평적 감상법의 주된 활동이다.

step2. 상황 스케치

시 감상 직전, 작품의 대표적인 이미지나 상황을 보여주면서 작품에 대한 호감을 주고 감상에 대한 동기를 유발하는 데 효과적이다. '언어=이미지'로 감상하는 감각을 키워준다.

두 여인은 누구일까? 무엇을 바라보고 있는 걸까? (서정주, 〈추천사〉)

화자는 무엇을 바라보고 있을까? (김수영, 〈풀〉)

step3. 시어망 잡기 - 시어 감각 기르기

시어를 통해 시를 감상할 수 있도록 이른바 시어에 집중하는 감각을 키우는 활동이다. 행과 연을 가르는 시어를 촘촘하게 따라가면서 시어망을 포착하면 자연스럽게 시적 화자와 시적 상황을 파악할 수 있다. 시어망을 잡은 후에는 시적 화자를 중심으로 시적 상황을 한 문장으로 표현하는 활동으로 연결하여 학생 스스로 시의 언어에 집중하면서 시적 상황 속으로 빠져들 수 있도록 돕는다.

시어망을 잡아볼까?	**한 문장으로 표현해 볼까?**
징이 울린다 막이 내렸다 오동나무에 전등이 매어 달린 가설무대 구경꾼이 돌아가고 난 텅 빈 운동장 우리는 분이 얼룩진 얼굴로 학교 앞 소줏집에 몰려 술을 마신다 답답하고 고달프게 사는 것이 원통하다 (후략)	우리는 (　　)를 추며 (　　) 현실 앞에서 (　　) 하고 있다.

step4. 맥락 읽기

학습자 중심의 작품 감상, 주체적 수용을 촉진하기 위한 전략으로서 맥락 읽기 질문 속에서 작품에 대한 상황 읽기를 유도한다. 교사가 제시한 맥락 질문에서 학생이 제작하는 맥락 질문으로 유도할 수 있다. 일방적인 해설을 질문으로 바꿈으로써 작품 속 상황에 대한 분석적인 탐구가 가능하며, 이는 학생들을 시적 상황 속으로 불러들이기 위한 것이다. 학생들 스스로 작품과 대면하는 지점을 자연스럽게 열어주어서 감상에 대한 능동성을 불러일으킨다. 능동적인 수용 지점을 지속적으로 만날 수 있게 해주는 것이다.

1단계 - 교사의 맥락 질문 예시 (신경림의 〈농무〉)

• 기본 : 작품 내용 이해를 위한 개별 탐구형 맥락 유형 (화자를 중심으로 한 탐구형 질문)

① 화자는 누구?

② 화자는 무엇을 했나?

③ 화자가 어디에 있나?

④ 막이 내린 후 어디로 갔나? 왜?

⑤ 다시 장거리에 나선 후 구경꾼은 누구?

⑥ ⑤번으로 미루어 알 수 있는 것은 무엇?

⑦ '꺽정이', '서림이'는 누구?

⑧ ⑦의 인물들이 선택한 삶의 태도는?

⑨ '꺽정이', '서림이'와 같은 인물을 등장시킨 이유는?

⑩ 농민들이 느끼는 안타까운 현실을 직설적으로 표현한 부분은?

⑪ 농민들의 몸짓이 신명의 절정에 이른 곳은 어디? 왜?

⑫ 농무 몸짓에서 느껴지는 것은? _____ 현실을 잊으려는 몸짓

⑬ 그렇게 표현한 이유는? _______인 표현으로 ______을 고조

⑭ 농무 몸짓에서 느껴지는 것은?

• 심화 : 작품별 특징적인 구성 요소를 부각시킨 개별 탐구형 맥락 유형

(예) 시 - 시어, 화자, 운율, 이미지, 어조, 발상과 표현을 중심으로 확장하기

2단계 - 학생이 제작하는 맥락 질문 : 학생 스스로 만들어보는 맥락 읽기 질문 활동

낯선 작품을 활용하여 실제로 학생들의 수용 능력을 평가하고 학생들의 맥락 질문을 활용한 감상으로 연계할 수 있는 활동이다. 낯선 작품을 제시하고 제한된 시간 안에 탐구 질문을 만드는 수행평가를 진행할 수 있다.

step5. 엮어 읽기 - 낯선 작품에 대한 수용의 힘 (발표 수업으로 진행)

작품 간 상호 텍스트성의 원리를 활용해 시 감상 능력을 강화하기 위한 전략으로, 다음의 유형들을 중심으로 다양한 작품 엮어 읽기 활동을 한다. 교사와 함께하는 작품 감상 후에 진행되므로 해당 수업의 감상 전략을 학생들 스스로 적용해 보면서 수용의 힘을 발휘할 수 있는 활동이다.

유형 ① 동일 작가의 다른 작품 엮어 읽기 자료

유형 ② 테마로 엮어 읽기 자료

유형 ③ 구성 요소별 엮어 읽기(묘사·시점·구성·인물 특징) 자료

유형 ④ 동시대별로 엮어 읽기 자료

학생 참여 수업으로 진행하는 수용 활동이다. 교사는 학생들의 수용 활동을 촉진하기 위해 먼저 '시 속의 낯선 시어들만 풀어주기'를 하고, 짝 활동으로 시어망을 중심으로, 혹은 화자와 화자가 바라보는 시적 대상을 중심으로 시 속의 상황을 포착해서 발표할 수 있도록 돕는다. 교사는 해석의 오류 부분을 검증하는 수준에서 감상의 물길만 잡아준다.

학생들 스스로 작품을 해석하고 이해하는 수용의 힘을 경험하고, 친구들과 방법적인 수용 능력을 공유하면서 함께 본격 수용을 체험한다. 발표하는 학생들은 시어의 속성을 활용하여 시의 맥락과 의미를 해석하고, 시들의 공통점과 차이점을 중심으로 발표한다.

step6. 클라이맥스 영상, 몰입 영상

수업의 마무리면서 내면화로 이어가는 활동이다. 작품과 관련하여 학생들에게 가장 감동과 여운을 줄 수 있는 영상을 고른다. 영상이 지닌 강점을 최대한 활용함으로써 작품에 대한 감동을 고조시키고 여운을 줄 수 있다. 몰입도를 높여 수업의 클라이맥스로 활용한다. (관련 영상은 '이낭희블로그 - 문학수업영상' 참조)

step7. 내면화 활동(글로 생산하기, 영상으로 생산하기)

감상의 마지막 단계로, 수용에서 생산으로 넘어가는 활동이다. 작품(너)을 보다가 독자(나)를 보는 수업으로, 교사의 응집된 역량이 발휘되어야 한다. 작품 속의 상황을 자신의 삶에 끌어와 바라보고 적용하는 주체적 생산 활동이다. 내면화 글쓰기 활동 외에도 다양한 매체를 활용하여 영상으로 재구성하는 수용·생산 활동을 통해 문학적 소통과 성찰에 대한 감흥과 감동을 담아낼 수 있을 것이다.

〈규중칠우쟁론기〉 내면화 글쓰기 - 내간체 형식

다망한 학생들이 모여 학문을 갈고닦는 학교에 그들을 돕는 여섯

벗이 있으니 학중육우(學中六友)라 한다. 답을 척척 적는 샤프 도령, 중요한 곳만 형형색색 칠해주는 형광펜은 형광 공자, 색색의 미려한 글씨를 짓는 볼펜은 삼색 공자, 샤프 도령의 실수를 덮고 지워주는 지우개는 지우 도령, 형광의 절친한 벗인 화이트는 백선 서방이라. 이들이 모여 각각 소임을 이루어내는지라. (학생 글, 〈學中六友爭論記〉)

〈조침문〉 내면화 글쓰기 – 제문 형식

유세차 모년 모일에 학생 박○○은 두어 자 글로써 '배움'에게 고하노니, 인류 전체의 목적 가운데 중요한 것이 배움이로되 우리나라 학생들이 다른 이와 경쟁하고 상대평가로 밟고 밟히고 참된 공부가 아닌 시험에 대비하려고만 하는 것이 도처에 흔한 바이로다. 이 배움은 누구나 쉽게 접할 수 있는 것이나, 이렇듯이 슬퍼함은 자신에게 이로운 공부가 아닌 주는 대로 공부하는 편협된 지(知)만을 추구함 때문이라.

오호 통재라, 아깝고 불쌍하다. 너를 얻어 손 가운데 지닌 지 우금 십팔 년이라, 어이 그렇지 아니하리오. 슬프다, 눈물을 잠깐 거두고 심신을 겨우 진정하여 너의 행장과 이들의 횡포를 총총히 적어 영결하노라. (학생 글, 〈弔學文〉)

이미지, 사진, 음악 등의 매체를 입체적으로 활용하여 시를 재해석, 재구성, 재창조하는 활동을 할 수도 있다. 영상시 재구성 활동 후에 우수 영상시는 시 수업에서 교수·학습 자료로 활용 가능하다.

2. 소설 로드맵 수업

소설 수업의 경우, 기본 로드맵을 중심으로 개별 작품이 지닌 내용과 형식의 특성에 맞게 교수법을 탄력적으로 변형하면서 작품에 맞는 최적의 교수법을 기획할 수 있을 것이다.

활동 단계	활동 초점	활동 내용 및 교수법
감상 전	수업 워밍업	사물에 말 걸기, 삶에 말 걸기
감상 중	수용 방식 익히기	**작품 이미지로 추리·상상하기:** 작품과 관련된 배경, 시대 이미지를 제시해 학습 동기를 유발하는 감상 전략
		상황 스케치하기: 작품 속의 상황을 파악할 수 있도록 인상적인 장면을 그린 소설화를 활용하는 동기 유발 전략
		인물 관계망 잡기: 인물망, 인물 관계망으로 인물 읽기, 시점 읽기, 갈등 읽기, 세상 읽기를 익히는 감상 전략
		소설 장면으로 읽기: 소설 장면 추출하기를 통한 감상 전략
		맥락 질문하기: 감상, 기본, 심화로 구성된 교사와 학생들의 맥락 질문을 통해 심층적인 감상 능력을 기르는 전략
		서사 로드맵 잡기: 인물, 배경, 갈등 구조를 한눈에 볼 수 있도록 학생과 교사가 함께 만들어가는 감상 전략
		클라이맥스 영상: 작품을 학생의 경험이나 삶과 관련지어 내면화를 촉발하는 역량 기르기 전략
감상 후	수용 및 생산하기	**내면화 활동하기:** 작품을 자신의 삶에 적용하는 메타적 글쓰기, 영상 재구성 및 학생 주도 프로젝트 활동을 통한 생산 전략

step1. 작품 배경 이미지를 활용한 추리·상상 수업

작품 속 대표적인 배경 이미지를 활용하여 작품에 대한 호감도를 높이면서 추리·상상하게 한다.

배경 이미지	추리·상상하기	대상 작품
눈 내리는 사평역 모습	역 → 만남과 헤어짐의 공간, 삶의 간이역	임철우, 〈사평역〉

step2. 상황 스케치 수업

감상 전에 작품 속 대표 장면을 이미지로 제시해 상황 추리를 통해 작품 감상에 대한 동기를 유발한다.

장면 이미지	추리·상상하기	대상 작품
	한 사나이 → 다국적 → 그의 정체는?	전광용, 〈꺼삐딴 리〉

step3. 인물 관계망 잡기

소설은 인물 읽기, 인물의 갈등 읽기로 감상을 시작한다. 인물 읽기, 인물의 갈등 읽기는 인물의 대화와 행동을 결정적인 단서로 붙들고 인물의 태도를 파악하도록 한다.

인물망 잡기, 인물 관계망 잡기를 통해 소설의 사건, 갈등과 해결의 유기적인 흐름을 감상에 활용할 수 있도록 안내한다.

임철우의 〈사평역〉 – 소설화를 활용한 인물망

- 사상범으로 몰려 12년 동안 감옥에서 장기 복역수로 살다 출감한 중년 사내
- 시위를 주도하다가 퇴학당하고 한 달간 유치장에 갇혀 있다가 나와서 혼란에 빠진 대학생
- 돈다발을 놓고 잠을 자는 것을 꿈꾸는 서울 여자.
- 힘들게 일해야 농약값, 비료값, 자식 학비 대는 것으로 끝나는 고단한 농부

윤흥길의 〈장마〉 – 인물 관계망 도식화

서술자 : 김동만(초등학교 3학년)

↓

어린 시절 회상

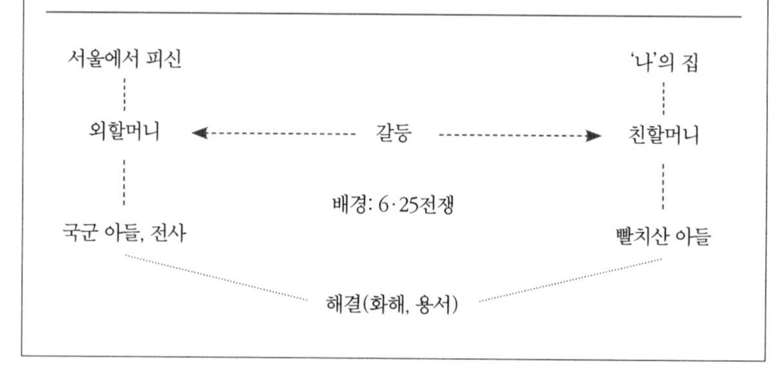

step4. 맥락 질문

서술자와 인물을 중심으로 한 소설 읽기 방법을 이해하고, 소설적인 장치들을 활용한 읽기를 시도한 후, 내용을 확인하는 기본 질문과 구성

요소를 부각하는 심화 맥락 질문을 만드는 활동이다.

1단계

• 기본 - 교사 중심의 시범적인 맥락 질문 제시

• 심화 - 작품별 특징적인 구성 요소를 부각시킨 개별 탐구형 맥락 유형 (시점, 인물, 구성, 문체, 서술자, 갈등 구조를 중심으로 확장하기)

2단계

학생이 제작하는 맥락 질문 - 학생 스스로 만들어보는 맥락 읽기 질문 활동으로 유도

맥락 질문 활동 - 염상섭의 〈만세전〉

소설 속 서술자(인물)의 심리적인 갈등과 인물의 태도, 서술자가 보고 느끼는 것에 집중하면서 질문거리를 만들어본다.

서술자(인물)에 집중하며 작품 읽기

스물두셋쯤 된 책상 도련님인 그때의 나(시점은?)로서는, 이러한 이야기를 듣고 놀라지 않을 수 없었다. (심리는?) 인생이 어떠하니, 인간성이 어떠하니, 사회가 어떠하니 해야 다만 심심파적으로 하는 탁상의 공론에 불과한 것은 물론이다. 아버지나, 그렇지 않으면, 코빼기도 보지 못한 조상의 덕택으로 글자나 얻어 배웠거나 소설 권이나 들춰 보았다고, 인생이니 자연이니 시니 소설이니 한

대야 결국은 배가 불러서 포만의 비애를 호소함일 따름이요, 〔서술자 태도는?〕 실인생, 실사회의 이면의 이면, 진상의 진상과는 아무 계관도 연락도 없을 것이다. 그러고 보면 내가 지금 하는 것, 이로부터 하려는 일이 결국 무엇인가 하는 의문과 불안을 느끼지 않을 수가 없었다. 〔심리는?〕 '일 년 열두 달 죽도록 애를 쓰고도, 반년은 시래기로 목숨을 이어나가지 않으면 안 되겠으니까…….' 하는 말을 들을 제, 그것이 과연 사실일까 하는 의심이 날만치, 나는 귀가 번쩍하였다. 〔심리는?〕 나도 팔구 세 전까지는 부모의 고향인 충청도 촌 속에서 자라났고, 그 후에 1년에 한두 번씩은 촌락에 발을 들여놓아 보았지만, 설마 그렇게까지, 소작인의 생활이 참혹하리라고는 꿈에도 생각해 본 일이 없었다. 〔내가 놀란 이유는?〕

맥락 질문 만들기

① 서술자는 누구인가?

② 서술자는 어디에 있나?

③ '나'는 어떤 신분인가?

④ '나'는 조선의 현실을 어떻게 알게 되었나?

⑤ '나'에게 나타난 심리 변화는? (충격, 반성, 의문, 부끄러움, 불안 등)

⑥ '나'가 스스로를 부끄럽게 인식하는 태도가 드러난 것은?

⑦ 서술 방식이나 시점의 특징은?

⑧ '나'가 반성하고 있는 것은?

⑨ '나'가 자신의 산문시를 부끄럽게 생각하는 이유는?

⑩ '나'가 인식한 농민들(소작인)의 모습은?

step5. 서사 로드맵

인물, 중심 사건, 갈등의 변화 양상을 중심으로 학생 참여를 통해 서사 구조망을 잡는다. 서사를 움직이는 구조를 한눈에 이해할 수 있는 감상법으로, 작품 감상 마지막 단계에서 서사의 전체 구조를 이해하는 수업으로 활용한다.

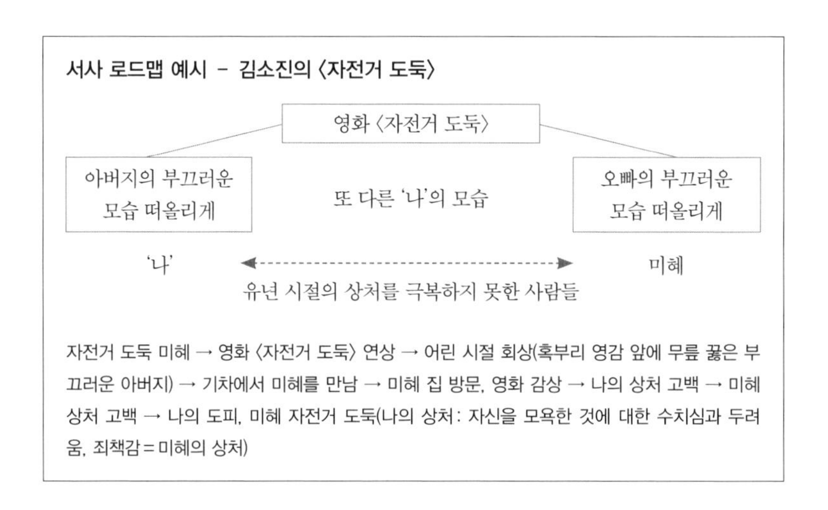

step6. 클라이맥스 영상, 몰입 영상

수업의 마무리면서 내면화로 이어가는 활동이다. 작품과 관련하여 학생들에게 감동과 여운을 줄 수 있는 영상을 고른다. 영상이 지닌 강점을 최대한 활용함으로써 작품에 대한 감동을 고조시키고 여운을 줄 수 있다. 몰입도를 높여 수업의 클라이맥스로 활용한다.

step7. 내면화 활동

감상의 마지막 단계로, 수용에서 생산으로 넘어가는 활동이다. 작품(너)을 보다가 독자(나)를 보는 수업으로, 교사의 응집된 역량이 발휘되어야 한다. 작품 속의 상황을 자신의 삶에 끌어와 바라보고 적용하는 주체적 생산 활동이다. 내면화 글쓰기 활동 외에도 다양한 매체를 활용하여 영상으로 재구성하는 수용·생산 활동을 통해 문학적 소통과 성찰에 대한 감흥과 감동을 담아낼 수도 있을 것이다.

이상의 〈날개〉 내면화 글쓰기 - 18세 비상의 꿈, 날개야 다시 돋아라

나는 18세의 고등학생이다. 작은 교실에서 반 아이들과 실험실의 쥐처럼 하루 중 3분의 1 이상을 갇혀서 보낸다. 교실에서 이따금 잠도 자고, 공부도 하고, 밖에 나갈 상상도 하며 시간을 보낸다. 그러던 중 나는 거울 속에서 자유로웠던 과거의 나를 보았다. 이때 뚜- 하고 수업 종이 울렸다. 아이들은 모두 양계장에서 푸드덕거리는 닭마냥 정신없이 자신의 자리로 돌아간다. 그 모습을 보고 있자니 갑자기 겨드랑이 근처가 가려워졌다. 아하, 그곳은 내 인공의 날개가 돋았던 자국이다. 18세의 봄이 있었던 찬란한 그 자유의 날개. 지금은 흔적조차 찾기 힘든 그 날개. 나는 문득 이렇게 외치고 싶었다. '날개야. 다시 돋아라. 한 번밖에 없는 나의 18세의 봄을 함께했던 그 날개야! 날자, 날자, 한 번만 더 날자꾸나.

한 번만 더 날아보자꾸나.'

〈속미인곡〉 영상으로 재구성하기

① 〈속미인곡〉에 작시를 하고 곡을 붙여 노래로 부른 음성 파일을 삽입하여 재구성

② 갑녀와 을녀가 카톡으로 대화하는 영상으로 재구성

(관련 영상은 '이낭희블로그 – 창의문학수업활동' 참조)

5장

감상의 주체가 되는 수업

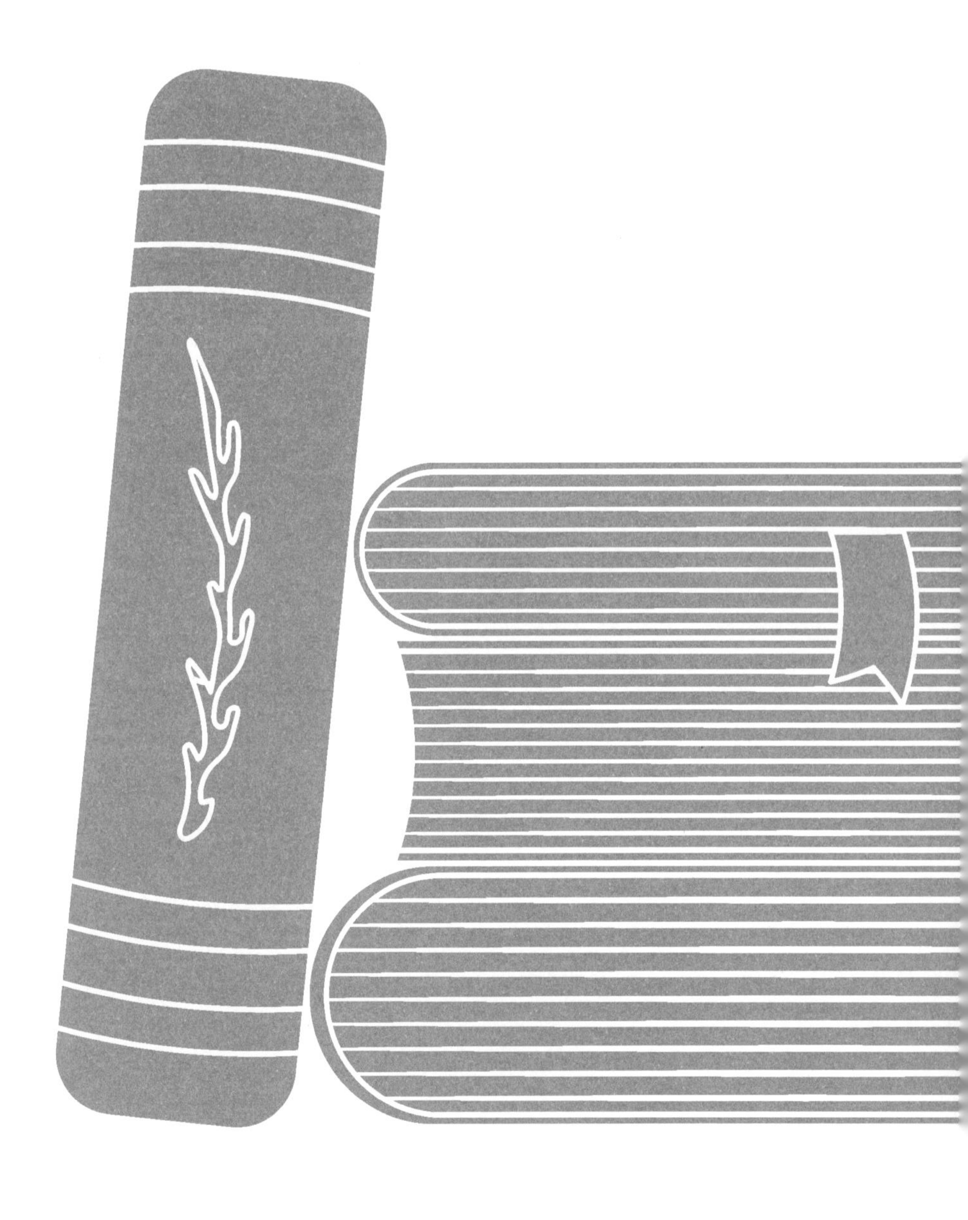

1. 발상의 지점을 추리하는 수업

발상의 지점을 추리하면서 시적 상상력을 공유하여 시에 대한 학생의 공감 능력과 문학적인 역량을 강화하는 수업이다. 한 편의 작품이 창작된 '발상과 표현'을 이해하는 과정에 함께 참여하면서 '작가=나'라는 맥락에서 수평적인 감상을 통해 주체적인 시 감상 능력을 키울 수 있다. 또한 작가적 발상의 힘인 생산 능력도 키울 수 있는, 감상과 생산을 아우르는 수업이다.

수업 절차

① 발상의 지점에 초대한다.

② 그림 순서를 잡아보고, 이유를 생각해 보도록 한다.

③ 실제 시인의 시 창작 이야기를 들려주면서 시적 발상의 지점을 실감나게 부각시킨다.

④ 동일한 대상, 발상의 차이를 적용해 보도록 한다.

step1. 시 창작 이야기를 통해 시인의 발상 만나기

먼저 도종환 시인의 〈흔들리며 피는 꽃〉을 영상시로 띄워주고, 시인의 시 창작 이야기를 들려주면서 시적 발상이 어떻게 이루어지는지를 학생들과 공유한다. 시적 발상에 대한 호기심에서 시적 발상에 대한 이해로 자연스럽게 문학적인 시선과 태도를 이어줄 수 있다.

도종환 시인의 시 창작 이야기

이 시는 어느 가을날, 길을 걷다가 길가에 피어 있는 꽃을 보고 쓴 시다. 처음엔 무심히 지나가다가 다시 고개를 돌려 그 꽃송이들을 바라보았고, 바람에 흔들리는 가녀린 모습을 물끄러미 바라보다가, '저 꽃들은 아주 어릴 적에도 저렇게 흔들렸겠지.' 하는 생각이 들었다.

'그러다가는 다시 제자리로 돌아와 꽃대를 위로 올렸겠지. 조금 더 커서도 바람이 불면 흔들리고 그러다 다시 제자리로 돌아와 줄기를 곧게 올리곤 했겠지.' 그런 생각을 하다 보니까 '흔들리지 않고 피는 꽃은 없는 것이구나.' 하는 생각과 만나게 되었고, '사랑도 그러하지.'라는 생각으로 이어졌다.

자세히 보니, 이슬인지 빗물인지 꽃잎에 맺혀 있는 물방울이 보였고 '저 꽃들은 어려서부터 젖으며 피었겠지. 그러면서도 젖은 채로 있지 않고 다시 그 습기를 받아 따뜻한 빛깔의 꽃을 피운 것이구나.' 하는 생각을 하게 되었다. '맞아, 우리 삶도 그런 거지.' 나중에 그런 생각을 하면서 처음부터 다시 정리한 것이 〈흔들리며 피는 꽃〉이다.

step2. 발상 순서 추리하기

시를 통해 본격적인 발상 연습을 해보는 활동이다. 한 편의 시가 창작되는 순서를 추리해 보는 발상 수업을 안내하고, 학생들에게 세 장의 그림을 순서대로 맞추어보도록 안내한다.

순서는 '사물에 말 걸기', 즉 풀과의 눈맞춤 단계에서 출발한다. 우연히 들길을 가다가 발걸음을 멈추지 않았을까. → 발상 1 : 너를 본다.

다음은 '삶에 말 걸기'. 쓰러지고 쓰러지기를 반복하지만 끊임없이 일어서는 풀의 모습에서 나의 삶의 모습과 닮은 점을 발견했을지도 모른다. → 발상 2 : 그 속에 내가 있다.

내 삶과 닮았다. 마지막으로 이 순간의 끌림과 감동으로 펜을 들게 되었으리라. → 표현 : 시로 담아내 본다.

step3. 동일한 대상, 발상의 차이로 만나는 엮어 읽기

동일한 소재가 각각 어떻게 시적으로 형상화되는지 비교 감상하면서 문학적 발상을 배우는 활동이다. 낯선 작품에 대한 수용의 힘을 키울 수 있으며, 발표 수업으로 진행한다. (동일한 대상을 소재로 한 시 목록은 215~216쪽, 소설 목록은 221~222쪽 참고)

2. 시어 마인드맵으로 언어 감각을 기르는 수업

학생 스스로 한 편의 시를 감상하는 능력은 언어를 느끼는 힘에 달려 있다. 시어를 죽은 언어가 아니라 느낌과 의미가 살아 있는 시어로 만날 수 있도록 안내하는 것이야말로 시 수업의 핵심 전략이다. '시어'가 보이면 '시'가 보이기 때문이다. 시어가 지닌 느낌과 정서에 대한 이해는 시를 감상하는 눈을 열어준다.

수업 절차

시어의 속성을 중심으로 12개 테마로 묶인, 시에 자주 등장하는 빈도수 높은 시어 50개를 추출하여 시어 마인드맵 활동을 통해 시어 감각 기르기를 시작해 본다.

① 시어를 보고 떠오르는 밑그림을 그린다.

② 시어가 가진 이미지, 속성을 중심으로 자유롭게 연상 활동을 한다.

③ 자유연상 활동의 내용을 마인드맵으로 표현해 본다.

④ 마인드맵 활동을 한 시어가 실제로 사용된 시의 한 부분을 읽어보고, 밑

줄 친 시어의 의미를 써본다.

step1. 시어 스토리텔링에서 시어 게임으로 시작하기

시어에 대해 좀 더 흥미롭게 이해할 수 있도록 안내하기 위해 구안한 활동이다. 시인이 보이지 않는 자신의 마음을 독자와 교감하는 도구가 시어인 만큼, 시어는 외계어가 아니라 한반도에서 한글을 사용하며 성장한 사람들은 누구라도 소통이 되는 언어라는 것, 너도 느끼고 나도 느낄 수 있는 보편적인 정서를 담고 있다는 것을 경험해 보는 활동 수업이다.

교사의 수업 담화

"여기 바다가 있습니다. (실제로 칠판에 바다를 그린다.) 이름하여 '시어의 바다'. 그렇다면 파닥거리는 물고기는 무엇을 상징할까요? 시어 물고기들입니다. 이름을 붙여볼까요? 사랑, 눈물, 꿈, 그리움……. 그렇다면 그물을 들고 있는 어부는 누구일까요? 네, 시인입니다. 시어의 바다에서 황금빛 물고기들만을 낚아 올리는 어부가 바로 시인이군요. 시인이 펼쳐놓은 아름다운 시어망을 좀 더 섬세하게 즐길수록 한 편의 시를 더욱 실감나게 느낄 수 있어요. 자, 그렇다면 시어 게임을 한번 해볼까요? 지금 마음에 떠오르는 대상을 말해보기로 합니다. 꿈, 물고기, 꽃, 하늘…… 무엇이라도 좋아요."

step2. 주제별 시어 마인드맵으로 시어 감각 기르기

중·고등학교 교과서에 수록된 시 속에 등장하는 12개 테마, 빈도수가 높은 시어들을 통해 시어가 지니고 있는 이미지를 연상하는 마인드맵 활동이다. 시어에 감추어진 보편적 정서를 체험하면서 감각을 기를 수 있다.

① 계절 속에서 향기로워지는 시어 – 봄, 여름, 가을, 겨울

② 시간 속에서 의미가 깊어지는 시어 – 아침, 밤, 새벽

③ 자연현상으로 더욱 깊어지는 시어 – 해, 날, 물, 불

④ 떨어지고 움직이면서 마음을 흔드는 시어 – 눈, 비, 바람, 낙엽

⑤ 여리고 작은 몸속에 우주를 담고 있는 시어 – 해바라기, 풀, 꽃, 벼

⑥ 이상과 현실을 오가는 시어 – 분수, 그네, 깃발, 하늘

⑦ 흐르는 모습에서 의미를 찾을 수 있는 시어 – 강, 바다, 눈물, 폭포

⑧ 사색이 담긴 시어 – 엽서, 비둘기, 배, 거울

⑨ 정신과 영혼을 지키려는 아름다운 시어 – 나무, 바위, 편지, 십자가

⑩ 낭만의 꽃, 인생의 꽃으로 피어나는 시어 – 피아노, 춤, 사랑, 갈대

⑪ 나의 모습이 담겨 있는 시어 – 사슴, 나비, 낙타, 새

⑫ 발걸음과 마음이 교차하는 시어 – 장터, 고향, 항구, 역

잘못된 마인드맵

- 눈물 → 콧물 → 감기 → 바이러스 → 컴퓨터 → 정보화
- 눈물 → 양파 → 신선함 → 냉장고 → 남극 → 펭귄 → 영국 → 채플린

• 아침 → 밥 → 다이어트 → 이소라 → 신동엽 → 코딱지

(아침과 코딱지는 관련성이 없다. 시어 감각 기르기는 보편적 정서를 공유하는 것인 만큼, 지나친 비약과 자유연상보다는 시어의 속성과 이미지를 생각하면서 마인드맵 활동을 할 수 있도록 하는 것이 바람직하다.)

좋은 마인드맵

• 겨울 → 칼바람 → 강추위 → 춥다 → 냉혹한 현실

• 겨울 → 눈 → 첫눈 → 첫사랑 → 첫 키스 → 설렘

• 바람 → 쓸쓸함 → 고독 → 가을 → 낙엽 → 시련

(좋은 마인드맵은 그대로 한 편의 시가 된다는 점을 부각시켜서 시어의 속성과 이미지를 생각하면서 마인드맵 활동을 할 수 있도록 지도하는 것이 바람직하다.)

step3. 시어 마인드맵에서 3줄 창작시 쓰기

자신이 선택한 시어의 대표적인 이미지를 큰 밑그림으로 잡는 게 효과적이다. 밑그림을 중심으로 자유연상을 한 언어들을 펼치는 활동이다. 시어 마인드맵 활동 후에 마인드맵의 한 가지를 잡아 3줄 창작시 쓰기를 한다.

시어 '꽃'으로 3줄 창작시 쓰기

① 시어 마인드맵을 이미지로 표현하기

② 3줄 창작시 쓰기

제목: 꽃의 눈물

아무리 물을 줘도 꽃은 눈물만 흘린다.

잎 끝에 대롱대롱 매달려 있는 눈물들이 나보다 슬퍼 보인다.

고통 없이 활짝 핀 것 같은 꽃에게도 아픔이 있겠지.

3. 이미지와 속성으로 시어 감각을 기르는 수업

시어가 보이면 시가 보인다. 시어에 대한 감각을 기르는 본격적인 활동이다. '시어=이미지'로 느끼도록 안내하면 시어에 대한 눈이 열리기 시작한다. 여기에 시어가 지닌 속성과 의미를 느낄 수 있다면 본격적인 감상으로 들어갈 준비가 된 것이다.

한 편의 시를 움직이는 시어망을 잡고 시적 상황, 화자의 상황을 잡아가는 과정을 통해 시어를 통해 시를 만나는 감각을 키울 수 있도록 구안한 수업이다.

수업 절차

시어를 이미지로 만나는 연습, 시어를 속성으로 만나는 연습을 통해 시어망을 중심으로 한 편의 시를 감상하는 본격적인 시어 감각 기르기를 시작해 본다.

① 시어를 이미지로 만나기, 상황 스케치로 열기

② 시어의 속성으로 읽기, 시어 전후 맥락으로 읽기

③ 시어망으로 읽기

④ 시어망에서 시적 상황(한 문장 스케치)으로 읽기

⑤ 시어망에서 화자의 상황 읽기

step1. 시어를 이미지로 만나기

'언어=이미지'를 실제로 경험할 수 있도록 보여주는 수업이 효과적이다. '나무'는 나무 이미지로, '숲'은 숲 이미지로 눈앞에 펼쳐주어서 학생들이 '언어=이미지'를 실감할 수 있도록 워밍업을 하는 것이다.

시어를 실감나게 느낄 수 있으면 시가 보인다. 시어는 이미지다. 시어를 이미지로 펼치는 순간 시어는 살아난다. 시 속의 '눈'을 이미지로 일체화할 수 있으면 한 편의 시가 내게로 오는 것이다.

시에서 자주 만나는 언어와 그 이미지를 동시에 보여주면 학생들이 언어를 이미지로 펼치는 느낌을 가질 수 있다. 또 한 편의 시 속에 감추어진 대표 이미지를 한 장면으로 그려보는 활동을 해보면 '언어=이미지' 감각을 키울 수 있다. 이는 시 속의 대표 이미지를 보여주면서 시의 내용을 상상하며 빠져들도록 안내하는 '상황 스케치' 활동과 유사하다. 이러한 활동은 모두 언어를 이미지로 확장하는 유형이다.

step2. 시어의 속성으로 읽기, 전후 맥락으로 읽기

시어가 지닌 전후 맥락으로 보아 시어가 지닌 속성이 어떠한지 살펴보며 시어에 대한 감각을 기르는 수업이다. 시어의 속성을 확인하는 실제 사례를 보여주고, 학생 스스로 적용해 볼 수 있도록 하고, 짝 활동을 통해 확인하고 공유한 후 발표할 수 있도록 한다.

시어의 속성으로 시 감상하기

나음을 적용해서 시어를 속성으로 읽는 방법을 적용해 보고, 시 속의 시어를 감상해 본다.

- 밝은 의미를 지니고 있을까, 어두운 의미를 지니고 있을까?
- 긍정적인 의미로 사용되었나, 부정적인 의미로 사용되었나?
- 화자가 수용하는 가치(세계)인가, 거부하는 가치(세계)인가?

껍데기는 가라 (신동엽)

껍데기는 가라 / 4월도 알맹이만 남고 / 껍데기는 가라 //

껍데기는 가라 / 동학년 곰나루의, 그 아우성만 살고 / 껍데기는 가라 //

그리하여 다시 / 껍데기는 가라

이곳에선, 두 가슴과 그곳까지 내논 / 아사달 아사녀가

중립의 초례청 앞에 서서 / 부끄럼 빛내며 / 맞절할지니 //

껍데기는 가라 / 한라에서 백두까지 / 향그러운 흙가슴만 남고 /

그 모오든 쇠붙이는 가라

시어의 속성 - 학생 발표 내용

'가라'는 거부, 부정이므로 '껍데기'의 이미지는 부정적. '남고'는 거부가 아니라 '수용'이므로 '알맹이'는 긍정적 이미지입니다. 껍데기는 다시 부정되고 있으므로 상당히 부정적 이미지입니다. '아우성'은 '살고'로 보아 긍정적. 껍데기는 가라고 했으니 또 한 번 부정되고 있어요. '부끄럼 빛내며'라고 표현한 것은 시적 화자가 '부끄럼'을 매우 의미 있게 보고 있는 것 같네요. '흙가슴만 남고' 했으므로 긍정적 이미지. 시적 화자가 지향하는 가치를 보여줘요. '쇠붙이는 가라'고 했으므로 껍데기처럼 화자가 거부하고 부정하는 가치로 보입니다.

먼저 작품들 속에서 시어의 속성으로 읽기를 적용하여 시어를 보는 감각을 키우고, 시어 전후 맥락으로 읽기를 통해 시어의 속성과 의미를 이해하는 심화 활동으로 확장해 가도록 안내한다.

시어의 속성과 의미 유추하기

향단아 그넷줄을 밀어라 / 머언 바다로

배를 내어 밀 듯이 / 향단아 (서정주, 〈추천사〉)

(그네:)

거울 때문에 나는 거울 속의 나를 만져보지를 못하는 구료마는

거울이 아니었던들 내가 어찌 거울 속의 나를 만나보기만이라도

했겠소 (이상, 〈거울〉)

(거울:)

가자 가자 / 쫓기우는 사람처럼 가자

백골 몰래 / 아름다운 또 다른 고향에 가자 (윤동주, 〈또 다른 고향〉)

(고향:)

드디어 생명도 망각하고 / 흐르는 구름

머언 원뢰 / 꿈꾸어도 노래하지 않고

두 쪽으로 깨뜨려져도

소리하지 않는 바위가 되리라 (유치환, 〈바위〉)

(바위:)

step3. 시어망으로 상황 포착하기

시어망 잡기는 시어를 통해 시를 감상하는 방법이다. 시인이 펼쳐놓은 시어들 가운데 시를 관통하는 의미 있는 시어들을 찾아보는 활동이다. 이 활동을 통해 학생들은 시어에 대한 집중력을 기를 수 있을 뿐 아니라, 스스로 시를 만나고 대화하는 주체적인 감상의 힘도 키울 수 있다.

방법

① 시어를 읽으면서 각 시행의 밑그림이 되는 시어망을 잡아간다.

② 각 연의 장면을 스케치할 수 있는 중심이 되는 시어망을 잡아본다.

시어망 수업

유형 ① 한 편의 시에서 시어망을 찾아 표시하면서 감상한다.

유형 ② 한 편의 시에서 교사가 제시하는 시어망을 채워간다.

시어망 수업 (기본)

시어망 수업 기본 단계로, 시에서 바로 시어망을 찾는 연습을 통해 시어에 대한 집중력을 높여주는 활동이다.

"정호승의 시 〈봄길〉을 만나봅시다. 먼저 시를 낭송하면서 자신이 행마다 연마다 의미 있다고 생각되는 시어에 세모, 네모, 동그라미로 표시해 보세요."

시어망 수업 (심화)

시어망 수업 심화 단계로, 교사가 찾은 시어망을 통해 시어를 찾는 연습은 학생들에게 시어에 대한 집중력을 높여준다.

"박재삼의 시 〈추억에서〉를 만나봅시다. 시를 낭송하고, 시어망의 빈칸에 적절한 시어를 넣어보세요."

진주 장터 생어물전에는

바다 밑이 깔리는 해 다 진 어스름을 //

울 엄매의 장사 끝에 남은 고기 몇 마리의

빛 발하는 눈깔들이 속절없이

은전만큼 손 안 닿는 한(恨)이던가 / 울 엄매야 울 엄매 //

별밭은 또 그리 멀리 / 우리 오누이의 머리 맞댄 골방 안 되어

손 시리게 떨던가 손 시리게 떨던가 //

진주 남강 맑다 해도 / 오명 가명 / 신새벽이나 밤빛에 보는 것을

울 엄매의 마음은 어떠했을꼬 / 달빛 받은 옹기전의 옹기들같이

말없이 글썽이고 반짝이던 것인가

진주 장터 (   ) → 해 다 진 (   ) → 울 엄매의 장사 끝 → 남은 (   ) → (   ) → (   ) → 울 엄매 → 별밭 → (   ) → (   ) → 손 시리게 떨던가 → 진주 남강 → 신새벽이나 (   ) → 울 엄매의 마음 → (   ) 같이 → 글썽이고 반짝이던 것

step4. 시어망으로 시 속의 상황(한 문장 스케치) 읽기

한 편의 시에서 시어망을 활용하여 화자를 중심으로 한 문장으로 시 속 상황을 요약하는 활동이다. 시어에 대한 집중력을 강화할 뿐 아니라 시의 흐름을 읽어내는 데 도움을 준다.

시어망에서 한 문장으로 내용 요약하기

엄마 걱정 (기형도)

열무 삼십 단을 이고 / 시장에 간 우리 엄마

안 오시네, 해는 시든 지 오래 / 나는 찬밥처럼 방에 담겨

아무리 천천히 숙제를 해도

엄마 안 오시네, 배추잎 같은 발소리 타박타박

안 들리네, 어둡고 무서워 / 금 간 창틈으로 고요히 빗소리

빈방에 혼자 엎드려 훌쩍거리던 //

아주 먼 옛날 / 지금도 내 눈시울 뜨겁게 하는

그 시절, 내 유년의 윗목

나는 (　　　)가 (　　　)에 가신 뒤 방에 (　　　)처럼 (　　　) 남아 기다리며 (　　　)과 (　　　)에 훌쩍거렸던 (　　　)을 떠올리고 있다.

서시 (윤동주)

죽는 날까지 하늘을 우러러 / 한 점 부끄럼 없기를

잎새에 이는 바람에도 / 나는 괴로워했다

별을 노래하는 마음으로 / 모든 죽어가는 것을 사랑해야지

그리고 나한테 주어진 길을 / 걸어가야겠다 //

오늘 밤에도 별이 바람에 스치운다

화자는 (　　　)까지 (　　　)을 우러러 (　　　) 없는 태도로 자신에게 주어진 (　　　)을 (　　　) 한다.

step5. 시어망으로 화자의 상황 읽기

화자를 중심으로 시적 상황을 짧은 단문(화자는 ~이다.)으로 추출해 보는 활동이다. 시어를 통해 한 문장으로 요약하면서 시어에 대한 집중력이 강화된다. 제한 시간을 포함하여 규칙과 방법 등을 안내하고, 시간이 종료되면 학생들이 자유롭게 한 가지씩 자신이 찾은 결과를 공유할 수 있도록 한다. 마지막으로 교사가 정리한 결과지를 보여주는 방식으로 진행한다.

시적 상황을 한 문장으로 추출하기 – 박재삼의 〈추억에서〉

- 울 엄매는 바다가 보이는 진주 장터 생어물전에서 생선 장사를 했다.
- 팔리지 않은 생선 몇 마리가 빛 발하는 눈으로 은전을 기다리며 울 엄매의 속을 태웠다.
- 우리 오누이는 밤늦도록 오지 않는 어머니를 기다렸다.
- 우리 오누이는 추운 골방에서 어머니를 기다리며 머리를 맞대고 손 시리게 떨었다.

- 울 엄매는 맑은 진주 남강을 이른 새벽이나 늦은 밤에만 볼 수 있었다.
- 울 엄매의 눈가에는 달빛 받은 옹기전 옹기같이 반짝이며 눈물이 맺혔을지도 모른다.

4. 시화 퍼즐에서 밑그림 그리기를 통한 이미지 수업

시인은 언어의 붓으로 그림을 그려낸다. 화가는 해맑게 웃고 있는 표정을 그려주기만 하면 인물의 감정을 드러낼 수 있지만, 시인은 다만 언어로 인물의 감정을 묘사해 줄 수 있을 뿐이다. 시인은 '웃는다'라고 직접적으로 표현하기보다는 감각적인 언어를 동원하여 '웃음' 속에 담긴 시적 화자의 감정을 좀 더 섬세하게 표현하려 한다. 시는 '연필로 쓰는 그림'이 아닐까. 한 편의 시에 담긴 밑그림을 찾아가는 활동을 통해 시어를 이해하는 감각을 키우고 시를 감상하는 능력을 확장해 가도록 구안한 수업이다.

수업 절차

한 편의 시에 펼쳐진 시어망을 통해 시 속에 감추어진 이미지를 그림으로 그리며, 시 속의 상황이나 화자의 상황을 이해하면서 시를 감상하는 활동이다. 이 활동은 아래 제시한 작품들처럼 시각적 이미지가 두드러진 시를 활용하면 더욱 효과적이다.

〈바다와 나비〉(김기림), 〈데생〉(김광균), 〈비〉(정지용), 〈달 포도 잎사귀〉(장만영), 〈설야〉(김광균), 〈새들도 세상을 뜨는구나〉(황지우), 〈샤갈의 마을에 내리는 눈〉(김춘수), 〈여승〉(백석), 〈피아노〉(전봉건), 〈추억에서〉(박재삼), 〈저문 강에 삽을 씻고〉(정희성)

step1. 시어 퍼즐로 이미지 연습하기

학생들이 제작한 시화 수행평가 결과물을 스캔하여 교사와 함께하는 교수·학습 자료로 활용한 시 퍼즐 수업이다. '시어=이미지' 패턴을 지속적으로 익히는 연습을 하는 데 효과적이다. 같은 방법으로 소설화 퍼즐을 통해 소설 속 상황을 장면으로 읽는 패턴을 익히도록 지도하는 데 활용할 수 있다.

시화와 시를 연결하는 시 퍼즐 게임

시화 / **시**

①

㉠ 산이 저문다
노을이 잠긴다
저녁 밥상에 애기가 없다
애가 앉던 방석에 한 쌍의 은수저
은수저 끝에 눈물이 고인다

②

㉡ 가을에는
기도하게 하소서
낙엽들이 지는 때를 기다려 내게 주신
겸허한 모국어로 나를 채우소서

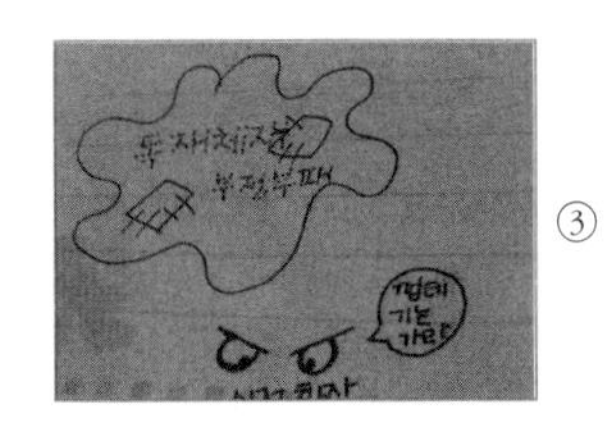

③ ㉢ 그날이 와서 오오 그날이 와서 / 육조 앞 넓은 길을 울며 뛰며 뒹굴어도 / 그래도 넘치는 기쁨에 가슴이 미어질 듯하거던 / 드는 칼로 이 몸의 가죽이라도 벗겨서 / 커다란 북을 만들어 들쳐 메고는 / 여러분의 행렬에 앞장을 서오리다

④ ㉣ 껍데기는 가라
사월도 알맹이만 남고
껍데기는 가라

⑤ ㉤ 향단아
그넷줄을 밀어라 //
머언 바다로
배를 내어 밀듯이
향단아

⑥ ㉥ 날이 흐리고 풀이 눕는다
발목까지
발밑까지 눕는다

⑦ ㉦ 가시는 걸음걸음 놓인 그 꽃을
사뿐히 즈려밟고
가시옵소서

⑧ ㉧ 얼굴 하나야 / 손바닥 둘로
폭 가리지만 / 보고 싶은 마음
호수만 하니 / 눈감을밖에

step2. 시어망을 바탕으로 밑그림으로 표현하기

시어에 집중하면서 시의 내용을 정리하는 활동이다. 시어망을 잡아가면서 시의 내용을 눈으로 볼 수 있는 장면들로 상상하도록 안내하고, 시에 걸맞은 이미지로 표현해 보도록 한다.

〈바다와 나비〉 (김기림)

아무도 그에게 수심(水深)을 일러준 일이 없기에

흰 나비는 도무지 바다가 무섭지 않다 //

청(靑)무우 밭인가 해서 내려갔다가는

어린 날개가 물결에 절어서

공주(公主)처럼 지쳐서 돌아온다 //

삼월(三月)달 바다가 꽃이 피지 않아서 서글픈

나비 허리에 새파란 초생달이 시리다.

( )을 일러준 일이 없기에 → ( ) → 바다 → 무섭지 않다 → ( ) → 내려갔다가 → 어린 날개 → 물결 → 절어서 → ( )처럼 → 돌아온다 → 삼월달 바다 → 피지 않은 ( ) → 나비 허리 → ( ) → 시리다

〈비〉 (정지용)

돌에 / 그늘이 차고 // 따로 몰리는 / 소소리 바람 //

앞섰거니 하여 / 꼬리 치날리어 세우고 //

종종다리 까칠한 / 산새 걸음걸이 //

여울 지어 / 수척한 흰 물살 // 갈갈이 / 손가락 펴고 //

멎은 듯 / 새삼 듣는 빗낱 //

붉은 잎 잎 / 소란히 밟고 간다

돌 → (　　)이 차고 → 따로 몰리는 (　　) → 종종다리 까칠한 (　　) → 수척한 (　　) → 멎은 듯 돋는 빗낱 → (　　) → 소란히 밟고 간다.

〈데생〉 (김광균)

향료를 뿌린 듯 곱다란 노을 위에

전신주 하나하나 기울어지고 //

머언 고가선(高架線) 위에 밤이 켜진다 //

구름은 / 보랏빛 색지(色紙) 위에 / 마구 칠한 한 다발 장미 //

목장의 깃발도 능금나무도 / 부을면 꺼질 듯이 외로운 들길

(　　)를 뿌린 듯 → (　　) 위 → 전신주 → 기울어지고 → (　　) → 고가선 위 → (　　)이 켜진다 → (　　) → 보랏빛 색지 위 → (　　) → 목장의 깃발, 능금나무 → 외로운 (　　)

5. 소설화 퍼즐, 인물망, 서사맵으로 만나는 소설 수업

왜 학생들은 소설을 읽어야 할까? 한 편의 소설이 학생들의 삶에 주는 의미는 무엇일까?

소설이 가진 이야기 전달 방식에 흥미를 느끼는 학생도 있지만, 소설의 서사적인 긴 흐름 때문에 감상에 어려움을 느끼는 학생도 있다. 다양한 인물들이 살아 움직이고 있으니 세상에 대한 호기심으로 가득한 학생들에게 소설 수업은 은 다양한 인물을 만나는 '인물 읽기' 시간이다.

'작가=나', '인물=나'의 관점으로 소설을 만나는 순간, 인물에 대한 이해와 공감의 깊이만큼 독자로서 내면화할 수 있는 힘이 커지면 '세상 읽기'가 된다. 소설 수업은 사람에 대한 공감과 이해를 통해 관계에 대한 공감 능력을 키울 수 있는 시간이기도 하다. 이야기의 힘이 나를 키우고 세상도 키우며 문화 콘텐츠를 생산하는 힘도 키운다.

이 수업은 어떻게 하면 학생들이 소설을 흥미롭게 만나면서 자신의 삶과 관련지어 의미 있게 감상할 수 있을까를 고민하면서 구안했다. 소설 읽기는 인물 읽기. 갈등 읽기를 통해 세상 읽기로 나아간다는 맥락 아래 수업의 흐름을 잡았다.

수업 절차

이야기를 장면으로 읽을 수 있도록 학생이 그린 '소설화'를 활용하는 활동이다. 인물 관계망, 서사 로드맵을 통해 전체 이야기의 흐름을 잡을 수 있다.

① 이야기, 문화 콘텐츠를 생산하는 힘

② 소설화와 소설을 연결하는 소설 퍼즐 게임을 통해 장면으로 읽기 연습

③ 이야기를 움직이는 인물망, 인물 관계망 잡기로 시작하는 소설 읽기

④ 서술자와 인물의 심리와 태도를 느끼며 소설 감상하기

⑤ 갈등을 따라가는 서사 장면으로 읽기

⑥ 이야기의 뼈대를 잡는 서사맵으로 소설 읽기

소설 감상 전략을 익히는 서사 로드맵 구조망 학습법

- 인물과 인물의 관계망을 중심으로 구조망을 잡는다.
- 인물과 인물 사이에 벌어진 중심 사건, 사건을 둘러싼 갈등의 생성과 해결을 중심으로 한눈에 펼친다.

- 구조망의 세부 사항에 학생들이 참여하여 서사의 짜임을 공유하게 한다.
- 학생들이 자기 주도적으로 완성할 수 있도록 유도한다.

step1. 이야기, 문화 콘텐츠를 생산하는 힘

'왜'를 공유하는 활동이다. '왜 소설 수업을 할까? 왜 소설을 읽어야 할까? 소설 수업이 왜 지금 나에게 필요할까?' 같은 물음과 이에 대한 생각을 공유하면서 수용과 생산의 힘을 키우려는 의도를 담고 있다.

평창올림픽 문화 콘텐츠

평화의 종소리를 울리며 시작된 평창올림픽 개막식 영상을 활용한 활동이다. 강원도 5명의 아이(음양오행을 상징)가 과거와 통하는 동굴을 열면, 민화 〈사신도〉에서 나온 백호가 포효하면서 백두대간 위로 아이들을 이끈다. 청룡, 주작, 현무 등 자연과 동물이 함께 어우러지면서 고구려 벽화 속 여인들이 살아나고, 단군신화 속 웅녀와 아이들이 평원에서 만나는 역사를 상상 이미지로 재구성한 문화 콘텐츠라 할 수 있다. 스토리텔링이 만드는 문화 콘텐츠의 힘을 보여준 대표 사례로, 학생들과 공유하면서 세상과 소통하는 이야기의 힘을 배우는 소설 감상 수업으로 안내한 활동이다.

step2. 소설 퍼즐 게임을 통해 장면으로 읽기 연습

소설의 일부를 발췌한 내용을 읽고 학생들이 완성한 소설화를 수업 자료로 활용하여 이야기를 하나의 장면으로 감상하는 활동이다. 이를 통해 소설을 장면으로 읽어내는 것이 익숙해지면 더 능동적으로 소설을 감상할 수 있게 된다. (관련 자료는 '이낭희블로그 – 소설화퍼즐' 참조)

step3. 인물망, 인물 관계망 잡기로 시작하는 소설 읽기

소설에 대한 호기심은 무엇에서 발동하기 시작할까? 소설 읽기는 인물 읽기, 인물의 갈등 읽기이다. 이야기를 움직이는 인물을 발견하고 인물의 관계가 잡히면서 이야기 속으로 좀 더 흥미롭게 빠져들 수 있다. 시를 감상하는 전략이 시어망이라면 소설은 인물망이 된다. 교과서 지문에 수록되는 소설 줄거리를 활용하여 서사를 움직이는 인물망, 인물 관계망을 잡고 본격적인 소설을 감상하는 방법이다.

〈만세전〉 교과서 수록분 인물망 – 예시

〈만세전〉은 일본 동경 유학생 이인화의 눈에 비친 무덤 같은 식민지 현실을 그린 소설이다.

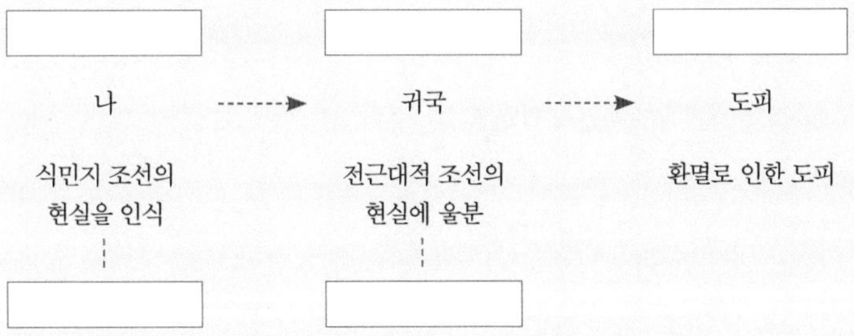

나 → 귀국 → 도피

식민지 조선의 현실을 인식

전근대적 조선의 현실에 울분

환멸로 인한 도피

step4. 서술자와 인물의 심리와 태도를 느끼며 읽기

소설 읽기의 즐거움은 서술자와 등장인물에게 감정 이입이 될 때 더욱 커진다. 서사를 움직이는 서술자와 인물에 대한 이해와 공감은 그들의 상황과 심리와 태도를 파악하는 단서가 된다. 궁극적으로는 작품을 학생 자신의 삶에 밀착시켜 내면화할 수 있도록 한다. 교사가 제시하는 전략이 자연스럽게 노출되면서 학생들은 기법을 배우게 되고, 나아가 자신의 방법으로 활용하게 된다.

서술자의 심리 · 태도를 파악하는 수업 – 염상섭의 〈만세전〉

〈만세전〉은 1인칭 주인공 시점의 소설이다. 먼저 서술자의 상황 · 심리 · 태도를 파악하는 방법을 제시하고, 실제 소설의 일부 지문을 발췌하여 서술자를 이해할 수 있는 단서를 찾게 한 후에 질문지를 통해 확인하는 순서로 진행한다.

① 방법 제시: 1인칭 주인공 시점에서 서술자의 역할을 이해하고, 서술자의 설명, 대화, 행동 등에 주목하면서 읽고, 상황 · 심리 · 태도가 드러나는 부분을 확인한다.

② 실제 장면에서 서술자 단서 찾기

> "그러나 조선 사람들은 어때요?"
> "요보 말씀요? 젊은 놈들은 그래도 제법들이지마는, 촌에 들어가면 대만의 생번보다는 낫다면 나을까. 인제 가서 보

슈…… 하하하."

'대만의 생번'이란 말에, 그 욕탕 속에 들어앉았던 사람들은 나만 빼놓고는 모두 껄껄 웃었다. (중략)

"농촌 노동자를 빼내 오는 것이죠. 그런데 그것은 대개 경상남북도나, 그렇지 않으면 함경, 강원, 그다음에는 평안도에서 모집을 해오는 것인데, 그중에도 경상남도가 제일 쉽습넨다, 하하하."

그자는 여기 와서 말을 끊고 교활한 웃음을 웃어버렸다.

나는 여기까지 듣고 깜짝 놀랐다. 그 불쌍한 조선 노동자들이 속아서 지상의 지옥 같은 일본 각지의 공장과 광산으로 몸이 팔리어 가는 것이, 모두 이런 도적놈 같은 협잡 부랑배의 술중(術中)에 빠져서 속아 넘어가는구나 하는 생각을 하며, 나는 다시 한번 그자의 상판대기를 쳐다보지 않을 수 없었다. (〈만세전〉 발단 부분)

③ 질문 감상법

- '나'는 어디에 있나?

  (　　　)에서 (　　　)을 비하하는 일본인들의 (　　　)를 들음.

- '나'가 직면한 상황은?

  조선의 노동자들이 (　　　)으로 몸이 팔려가는 (　　　) 현실을 알게 됨.

- '나'의 심리, 태도는?

그동안 느끼지 못한 일본인들에 대한 (   )

- '그자'는 누구?

서술자의 심리적인 갈등을 파악하기 위해 서술자 '나'는 무엇을 보고 느낀 것인지, 서술자의 심리와 태도를 파악하는 실제를 연습하면서 소설 읽기 기법을 익힌 후에 학생들의 소설 읽기에서 지속적으로 적용할 수 있도록 안내한다.

인물의 심리 · 태도를 파악하는 수업 – 김만중의 〈사씨남정기〉

소설에 드러난 인물의 대화, 행동 등을 통해 인물의 성격이나 정서, 심리를 추리하면서 인물의 태도를 파악하는 방법을 안내한다. 작가의 눈에서 작품 속 서술자와 인물의 눈, 다시 독자의 눈이 만나는 입체적인 작품 감상임을 이해하고 서술자가 인물을 바라보는 태도와 인물의 상황, 심리, 태도를 파악하는 방법을 익힌 후에 〈사씨남정기〉 감상에 적용하도록 한다.

① 방법 제시

② 실제 장면에서 단서 찾기

(?) 대답하여 아뢰었다.

"소녀가 듣자오니 (?)께서는 오늘날의 어진 재상이라고 합니다. 결혼이 불가할 까닭이 없습니다. 그러나 오직 (?)의 말로만 본다면 의심스러운 점이 없지 않습니다. 소녀가 듣자오니 군자는 덕(德)을 귀하게 여기고 색(色)을 천하게 여기며, 숙녀는 덕으로써 시집을 가고 색으로써 사람을 섬기지 않는다고 합니다. 이제 매파 주씨가 먼저 색을 일컬으니 소녀는 그윽이 부끄럽게 여깁니다. **[인물의 심리, 태도는?]** 더욱이 유씨 집안의 부귀를 극히 자랑하면서도 우리 선 급사(先給事)의 성대한 덕은 일컫지 않았습니다. 혹시 매파 주씨가 사람됨이 미천하여 유 소사의 뜻을 잘 전하지 못한 것은 아닌지요? 그렇지 않다면 유 소사께서 어질다고 하는 말은 거의 헛소문일 것입니다. 소녀는 그 집에 들어가기를 원하지 않사옵니다." **[인물의 심리, 태도는?]** (〈사씨남정기〉 전개 부분)

③ 질문 감상법

- 사 소저가 혼담을 거절한 이유는?

( )하는 태도와 ( )하는 태도

- 매파가 부인의 말에 보인 반응은? 이유는?
- 청혼을 거절한 부인의 방식은?

( )하지 않고 ( )

- 편집자적 논평이 드러난 부분은?

step5. 갈등을 따라가는 서사, 장면으로 읽기

서사의 흐름이 바뀔 때마다 장면의 내용을 메모하면서 이야기의 큰 흐름을 잡아가는 활동이다. 이 활동을 통해 언어를 장면으로 이미지화하면서 전체 이야기의 흐름을 파악하도록 한다. 학생들이 파악한 서사 장면 메모지(포스트잇)를 칠판에 붙이도록 하고, 순서를 뒤섞어 이야기 흐름에 맞게 맞추어보는 활동을 진행할 수도 있다.

step6. 서사맵으로 소설 읽기

소설의 구성 요소들이 어떤 방식으로 이야기를 만드는 데 기여하고 있는지를 이해하는 활동을 통해 학생들의 소설 감상 능력을 키우는 수업이다. 서사 로드맵은 인물에서 사건, 갈등으로 서사를 움직이는 순서대로 단계별로 진행할수록 효과적이다. 학생들은 인물 관계망, 서사맵 수업을 통해 소설적인 장치들이 유기적으로 어떻게 관여하고 있는지 이해할 수 있다. 서사의 뼈대를 잡는 방법을 배움으로써 소설 감상의 힘을 키워준다.

1단계 - 인물망, 인물 관계망을 활용하여 배치한다.

2단계 - 인물 간의 사건이나 갈등의 변화와 해결 과정이 한눈에 보이도록 구조화한다.

6장

문학적 상상의 힘,
스토리텔링 수업

1. 비유적인 예화를 활용한 수용과 생산 수업

문학 수업을 시작하는 첫 시간에는 문학 수업에 대한 학생들의 관점을 잡아주고 함께 감상을 해나가는 방향을 공유하기에 좋다. 비유적인 예화를 곁들여 '문학 수업에서 작품을 왜 만나는지, 어떻게 만나야 하는지, 지금 나에게 문학 수업이 왜 필요한지' 등을 성찰하도록 수업을 구성한다.

수업 절차

① 비유적인 예화로 작가, 작품 속 화자, 독자의 시선 만나기

② 실제 작품에 적용하기

③ 문학 수업이 '나'에게 왜 필요한지를 글쓰기를 통해 내면화하기

step1. 비유적인 예화로 작가, 화자, 독자 만나기

교사가 제작한 예화를 통해 수용과 생산의 과정을 체험하는 수업이

다. 시인의 세상을 향한 시선, 세상 속 낯선 발견의 순간(수용)을 마주하게 되면 한 편의 시는 한 송이 꽃처럼 피어난다(생산). 한 편의 시를 어떻게 만날 것인가(내면화)를 성찰하는 활동으로 진행한다.

예화를 통한 수용 수업

(예화) 들길에 누군가가 심어놓은 꽃 한 송이가 피어 있다. 바로 그 곁을 내가 지나가고 있다. 오늘은 왠지 이름 없는 이 꽃 한 송이를 품고 싶다!

· 예화를 통해 보일 수 있는 반응 추리·상상하기

– 꽃을 품어볼까?

– 어, 여기에 꽃이 있었네.

– 내 인생에도 향기로운 꽃 한 송이 피우고 싶다.

– 자세히 보니 꽃의 빛깔과 향기가 참 곱다.

질문 1. 꽃 한 송이를 품기 위해 독자가 취할 단계적인 행동의 순서는?

1단계: 발걸음 멈추기 – 어, 여기에 꽃이 있었네.

2단계: 다가서기 – 꽃을 품어볼까?

3단계: 들여다보기 – 꽃의 빛깔과 향기가 참 곱다.

4단계: 내면화 – 내 인생에도 향기로운 꽃 한 송이 피우고 싶다.

질문 2. 제대로 꽃을 품기 위해 좀 더 분석적인 눈이 필요한 단계는? 왜?

질문 3. 상황을 이해하는 주체적·창조적·비판적 태도가 요구되는 단계는?

질문 4. 예화 속의 '누군가', '꽃 한 송이', '나'의 원관념은?

- 작가, 작품, 독자

step2. 실제 작품에 수용과 생산 적용하기

한 편의 시를 어떻게 만나야 하는지를 김춘수 시인의 〈꽃〉을 통해 경험하는 활동이다.

1단계 [발걸음 멈추기] - 김춘수의 〈꽃〉이라는 시네.

2단계 [다가서기] - 그렇다면 시를 감상해 볼까?

3단계 [말 걸기, 들여다보기]

- 시 속에서 시인이 말하고 싶은 '꽃'의 의미는 뭘까? (의미 있는 존재)
- 자신도 누군가에게 꽃이 되고 싶어 하는군.

4단계 [내면화]

- 나도 누군가에게 꽃이 되고 싶다.
- 한 줄 시를 써볼까?

김춘수의 〈꽃〉을 변주한 학생 시

내가 그의 시행을 읽어주기 전에는

그는 다만

시 한 편에 지나지 않았다.

내가 그의 시행을 읽어주었을 때
그는 나에게로 와서
내면이 되었다.

내가 그에게서 나를 본 것처럼
나의 이 운율과 정서와 닮은
누가 나에게서 자신을 찾아다오.
그에게로 가서 나도
그의 내면의 일부가 되고 싶다.

우리들은 모두
무엇이 되고 싶다.
너는 나에게 나는 너에게
마음에 울림을 주는 하나의 이야기가 되고 싶다.

step3. 생산을 통해 내면화하기

문학의 수용과 생산 수업을 마무리하는 내면화 활동이다. '문학 수업은 나에게 왜 필요한가?'라는 주제로 글쓰기를 한다. 첫 시간에 스스로 사유하고 성찰한 글쓰기에서 시작하여 이후 작품 감상을 통해 자신만의 내면화 글쓰기로 이어진다.

나에게 문학은 왜 필요할까? (학생 글)

문학은 세상과 나를 사랑하게 할 수 있는 방법이다. 세상 모든 것을 수용해서 '나'라는 장치를 통해 또 다른 세상을 만들고 또 다른 나를 만날 수 있다. 우리는 문학의 수용으로 감동받을 수 있고 문학의 생산을 통해 세상을 감동시킬 수 있다. 어느 순간 문학은 내게 이름 그대로 다가오지 못했다. 그래서 18세의 나에게 문학 수업은 그대로 와야 한다. 삶을 그대로 만나는 시간이 되어야 한다. 문학책 속에 살아 있는 글로 숨 쉬고 내 안에서 날숨을 생산하고 싶다. 문학을 그대로 수용하고 나만의 생산을 하고 싶다. 문학에 내가 들어가기도 하고 나에게 문학이 들어오기도 한다. 나와 하나가 된 시는 서로를 들여다보며 경험이라는 톱니바퀴를 서로 끼워 맞추어보는 내면화를 거친다. 맞물린 톱니바퀴는 새 톱니바퀴를 제작할 때도 새 톱니바퀴 조합을 만들 때도 도움을 준다. 비로소 문학과 내가 하나가 된다.

2. 비유적인 예화를 활용한 시적 화자 수업

작품 속에 살고 있는 화자를 실감나게 만날 수 있도록 스토리텔링 기법을 활용하여 안내하는 수업이다. 한 편의 시를 '시의 집'으로 비유하여 시의 집에 살고 있는 화자 이야기를 예화로 구성한다. 시 감상 수업에서 화자 이야기를 들려주면서 작품 감상을 시작하면 학생들이 시 속으로 빠져드는 데 도움이 된다. '화자=나'로 일체화하여 시를 감상하고, '내가 화자라면 어떻게 했을까?' 하고 상상하고 성찰하다 보면 한 편의 시가 좀 더 생생하게 다가온다.

수업 절차

① 학생들이 집중할 수 있도록 분위기를 연출하며 예화를 들려준다.

② 예화를 들려주면서 다음 상황을 추리하게 하는 형식으로 질문을 통해 이야기를 확장한다.

③ 학생들에게 화자와 대화하는 방식을 소개하고, 이를 실제 작품에 적용해 보도록 한다.

④ 심화 수업으로 다양한 화자의 정서, 태도, 심리를 보여주는 작품들을 제시하고, 작품에 나타난 화자의 태도의 특징을 찾아가는 귀납적 수업을 진행하면서 학생들 스스로 화자의 유형을 수용하는 수업으로 진행한다.

step1. 비유적인 예화 들려주기

시 수업을 열면서 이야기를 들려준다. '시의 집에 사는 화자' 이야기. 비유적인 예화는 문학 수업만의 분위기를 연출할 수 있으며, 학생들의 집중력을 이끌어낼 수도 있다. 문학작품을 좀 더 친근하게 느끼면서 수평적으로 감상할 수 있는 대화 능력을 키워줄 수도 있다.

'시의 집에 사는 화자' 이야기

"창밖에는 눈이 내리고 오늘 나의 마음은 한없이 울적합니다. 이럴 때 눈을 들어 책상을 보면, 한 편의 시가 우리를 기다리고 있지요. 깊은 밤 하염없이 내리는 눈길, 눈 위에 나만의 발자국을 남기며 시의 집 문을 두드립니다. 누군가가 있는 듯한데, 도무지 문을 열어주지 않습니다. 그러면 어떻게 해야 할까요? 그렇지요. 내가 문을 열고 들어가야지요. 그리고 시의 집 빈방에 홀로 앉아 울고 있는 그, 흐느끼고 있는 그에게 다가가 그의 속삭임을 들어보아야지요. 가만히 귀 기울이면 그는 자신의 삶을 이야기합니다. 그의 가슴속 눈물을 솔직하게 이야기합니다. 우리가 할 일은 그의 이야기를 잘 들어주는 것. 그러나 안타깝게도 그와 나는 대화를 나눌 수 없습니다. 단지 듣기만 할 뿐. 그럼에도 그의 이야기를 듣고 시의 집을 돌아서노라면 나의 마음은 한없이 너그러워지고 가벼워집니다. 그의 눈물은 사실 내 안에도 들어 있는 눈물이었거든요. 한 편의 시를 읽는다는 것은 한 사람의 고백을 듣는 것이지요. 한 사람의 삶을 들여다보고 그 사람의 눈물과 만나는 것입니다. 시적 화자에게 말 걸기, 시인에게 말 걸기는 우리를 멋진 독자로 이끌어줍니다.

자, 그러면 시적 화자를 어떻게 만날까요? 시적 화자는 누구인가요? 시적 화자는 어디에 있나요? 시적 화자는 무엇을 하고 있나요? 왜 그렇게 하고 있나요? 시적 화자의 목소리로 지금 심정을 이야기해 보세요. 한 편의 시 속에서 우리를 기다리는 '시적 화자에게 말 걸기'는 느낌이 살아 있는 시를 만날 수 있도록 우리를 이끌어줍니다. 그럼 지금부터 본격적으로 시적 화자에게 말 걸기를 시작해 봅시다."

step2. 시적 화자에게 말 걸기

한 편의 시에서 시적 화자를 좀 더 적극적으로 만나는 방법이 없을까? 먼저 시 속의 상황을 중심으로 화자의 상황을 이해한 뒤, 스스로 화자가 되어 자신의 삶과 견주어서 돌아보는 방법으로 접근하면 더욱 효과적인 대화를 할 수 있다.

시적 화자 만나기

"기형도의 〈엄마 걱정〉, 박재삼의 〈추억에서〉 속 화자는 누구일까요? 화자의 뒤에 서 있는 시인의 모습과 마음도 상상해 보세요. 한 편의 시를 읽는 것은 한 사람을, 한 사람의 삶을 만나는 것입니다. 저마다 상황이 다르고 상황을 품고 이해하는 태도가 다르듯이 시 속 화자의 목소리도 다양해요. 물론 목소리에 따라 시의 분위기도 달라지겠지요. 화자를 중심으로 시 속의 상황을 따라가면 어떤 이는 현실을 외면하거나 도피하기도 합니다."

step3. 화자를 중심으로 시적 화자와 대화하기

'시적 화자와 대화하기'는 화자의 상황과 처지를 공감하며 이해하는 감상 능력을 키우는 활동이다.

① 시와 함께 시 속의 대표 이미지를 제시한다.

② 맥락 질문으로 화자와 대화할 수 있도록 안내한다.

③ 시적 화자가 들려주는 이야기(교사가 운문을 산문으로 풀어쓴 이야기)를 감상한다.

④ 시적 화자에게 편지 쓰기를 통해 시 속 화자의 처지와 상황을 담아보는 글쓰기로 안내한다.

시적 화자와 대화하는 방법

"시가 사람이고 사람이 시입니다. 시의 집에 살고 있는 화자의 목소리에 귀 기울이면 시를 더 구체적으로 느끼면서 자신의 것으로 만들 수 있습니다. 본격적으로 화자와 대화를 시작해 볼까요?"

1단계. 시적 화자의 상황 이해하기

- 화자는 누구일까요?
- 화자가 바라보는 대상은 무엇인가요?
- 대상에 대한 태도는 어떠한가요?
- 화자는 어떤 상황에 있나요?
- 화자는 어떤 고민(갈등)을 하고 있나요?
- 화자는 고민을 어떻게 해결하고 있나요?
- 화자의 삶의 태도는 어떠한가요?

2단계. 스스로 시 속의 화자가 되어보기

- 내가 시적 화자라면 어떻게 했을까요?
- 내가 시적 화자라면 어떤 점이 가장 고통스러울까요?

예시 1) 이형기의 〈낙화〉

① 시적 화자를 중심으로 시 속 상황 포착하기

– 화자는 무엇을 하고 있나요?

– 떨어지는 꽃을 보고 화자가 생각한 것은 무엇인가요?

– 화자가 생각한 '낙화'의 의미는 무엇인가요?

– 그렇다면 화자의 이별 뒤에 찾아오는 것은 무엇인가요?

② 시적 화자가 들려주는 시 이야기

떠나야 할 때가 언제인가를 분명히 알고 돌아서는 이의 뒷모습은 얼마나 아름다운가. 봄 한철처럼 젊은 날 뜨거운 격정을 인내한 나의 사랑에 이별이 찾아왔다. 여기저기 흩어지며 떨어지는 축복 속에서 지금은 떠나가야 할 때. 무성한 녹음과 여기저기 열매를 맺는 성숙한 가을을 기억하며 꽃이 지듯이 내 청춘의 이별 또한 성숙과 만나리라. 헤어지자는 이별의 손길처럼 꽃잎 흩날리며 지던 어느 날, 나의 사랑과 이별은 영혼의 샘터에 성숙의 눈물 고이게 하네.

③ 시적 화자가 들려주는 이야기를 읽고 시적 화자에게 편지 쓰기

예시 2) 이한직의 〈낙타〉

① 시적 화자를 중심으로 시 속 상황 파악하기

– 화자는 어디에서 무엇을 보고 있나요?

– 어떤 대상을 보면서 누구를 떠올리고 있나요?

– 두 대상의 공통점은 무엇인가요?

– 회상 속의 선생님과 화자는 무엇을 하고 있나요?

– 화자가 잃어버린 것은 무엇인가요?

② 시적 화자가 들려주는 시 이야기

눈을 감으면 어린 시절 선생님의 모습이 떠오릅니다. 회초리를 들고 계시던 선생님의 모습은 낙타처럼 늙으셨지요. 늦은 봄, 햇살을 등에 지고 서 있는 선생님의 모습은 늘 옛날을 추억하는 듯했어요. 동물원에서 늙은 낙타의 모습을 보고 문득 내 기억 속 선생님의 모습과 닮았다는 생각이 드네요. 그러고 보니 봄볕 받으며 금잔디 위에서 낙타를 보고 있는 나도 선생님을 닮았군요. 내 어릴 적 추억의 조각들과 옛이야기들을 떠올리고 있으니까요. 오후의 동물원 풍경 속에는 내 어린 시절의 이야기들이 여기저기 떨어져 있습니다.

③ 시적 화자가 들려주는 이야기를 읽고 시적 화자에게 편지 쓰기

3. 생활 속 예화를 활용한 스토리텔링 구성 수업

학생들과 관련한 생활 속 예화를 활용하여 소설을 배우고 쓰는 수업이다. 이야기를 전달하는 방식과 효과를 학생들 스스로 체화하도록 도울 뿐 아니라 문학적 상상력과 추리력을 강화해 준다. 쉽고 흥미롭게 소설적인 소통 방식을 이해할 수 있으며, 이를 적용하여 스스로 소설을 써 보는 데도 도움이 된다.

수업 절차

실제로 소설을 쓰면서 배우는 활동으로 진행한다. 학생들의 경험을 재구성

하여 이야기를 창작해 봄으로써 구성의 기술을 익히도록 한다. 소설의 이야기 구성에 대한 호감도를 높이고 스스로 과정을 재개념화하여 감상과 생산에 적용할 수 있도록 진행한다.

① 학생들이 경험할 수 있는 생활 속 예화를 활용하여 소설 구성을 익히고 적용해 본다.

② 생활 속 예화를 통해 소설 표현 기법인 묘사, 서사, 대화를 배우고 적용해 본다.

step1. 생활 속 예화 기법 활용하여 소설 구성 익히기

학생들의 경험을 바탕으로 공감할 수 있는 이야기를 함께 만들면서 이야기가 변화되는 요소들을 탐색함으로써 소설 구성의 실제를 체험하도록 한다.

쓰면서 배우는 소설 구성 수업

"자, 지금부터 짧은 소설 한 편을 써볼까요? 배경과 인물을 설정하고, 인물들이 어떻게 만나고 있는지, 어떤 갈등을 만들어내고 갈등이 어떻게 고조되고 해결되는지를 함께 엮으면서 이야기 구성을 직접 체험해 볼 거예요. 공간적 배경은 ○학년 ○반 교실, 등장인물은 선생님과 학생들입니다."

[발단 장면] 어느 반 교실

1교시, 교사가 문을 열고 교단 위로 올라선다.

반장이 반사적으로 일어나 '차렷, 경례' 인사를 시키고, 학생들의 인사에 교사가 답례하려는 순간 유독 한 학생이 무언가에 열중한 듯 불만스러운 표정으로 응시하고 있다. 교사는 무시하고 답례를 한다. "여러분 반갑습니다." 교사는 감정을 전혀 드러내지 않는다.

"1교시가 주는 긴장감 속에서 둘 사이에 뭔가 있겠군. 심상치 않을 것 같은 예감이 들어. 시간적·공간적 배경은 이야기의 효과를 최적화하기 위한 의도적인 설정이니까, 긴장된 분위기를 만들기 위해 1교시를 선택한 게 아닐까? 배경에 기본적인 인물 배치까지 끝난 셈이네. 그러나 여기서 한 단계 더 나아가야 하지. 상황 제시만으로는 부족하니까. 독자의 시선을 모으기 위해서는 갈등의 일단을 내비칠 필요가 있어. 첫 만남에서 독자는 심상찮은 상황을 목격하게 되고 앞으로 전개될 사건의 단서를 제공받는 거지."

(교사와 한 학생의 심상치 않은 관계에 주목하라. → 사건의 실마리)

"이제 사건을 좀 더 진전시켜야 해. 두 사람의 관계가 악화일로에 놓일 것이라는 암시를 받을 수 있도록 말이지. 본격적인 대결 구도로 돌입할 숨 고르기를 해야 하겠는걸."

[전개 장면] 다음 시간

수업에 열중하고 있는 교사와 학생. 한창 분위기가 무르익는 중에 한 학생이 옆에 놓인 필통을 갑자기 와장창 떨어뜨린다. 이 상황에서 교사는 학생을 주시하는데, 그 학생은 다름 아닌 첫 시간 바로 그 학생이다. 학생을 바라보는 교사는 상당히 불쾌하고 불편한 감정을 얼굴에 담는다. (이때 구체적인 행동 표출은 아직 이르다.)

"본격적인 갈등 양상이야. 이야기 속 두 사람의 갈등 양상이 두드러지게 해야지. 소위 갈등의 기본적인 구도, 맞대결의 시작을 보여줘. 학생의 튀는 행동에 드디어 교사가 적극적인 반응을 보이기 시작하도록 실감난 구성이 필요해. 소설의 묘미인 갈등이 구체화되는 흥미진진한 대목으로 최대한 살려야지."

[위기 장면] 그 교실에서

교사는 불쾌한 표정으로 학생 앞으로 다가선다.

"야, 너 뭐야?"

물음에 침묵하는 학생.

"안 들려? 뭐 하고 있는 거지?"

다시 위압적인 물음을 던지고 학생은 대단히 불만스러운 행동을 표출한다.

"마치 풍선이 팽팽해져서 이제 막 터지기 직전 상황이야. 두 사람 갈등의 최고조야. 가장 극적인 긴장감을 연출해야 해. 너무 과도한 긴장을 유도하다가는 오히려 역효과를 낳을 수도 있으니 효과를 가장 고조시키는 시점을 생각해야지. 완급, 곧 '늦추기와 조이기'의 기술을 적절하게 써야 할 거야. 작가의 기술이 가장 필요한 대목인걸."

[절정 장면] 그 교실에서

"너, 내 말 안 들려?"

교사의 계속되는 추궁에 짜증이 난 듯이,

"정말 왜 그래요?"

하며 대들 듯이 항변한다.

"이리 나와."

"싫어요."

교실 안 학생들은 잔뜩 긴장하고, 예측할 수 없는 상황에 숨을 죽인다.

"이제 긴장과 갈등을 풀어야 해. 둘 사이의 갈등이 해소되고, 이제는 지는 노을(이때 시간적 배경은 주제를 드러내는 또 하나의 역할)처럼 모든 것을 끌어안아야 해. 주변 상황들이 자연스럽게 어우러지도록 말이지. 갈등은 마무리되고, 가슴속 맺힌 응어리를 풀어내야지. 카타르시스가 충분할수록 좋아. 왜 이 작품을 창작했는지, 창작 의도를 자연스럽게 살리면서 또 다른 여운을 줄 수 있도록 마무리하는 게 좋겠어."

[결말 장면] 장소 이동

"너, 이리 따라와."

교사의 말에 학생은 못 이기는 척 따라나선다.

해 질 무렵, 교정 벤치에 두 사람이 나란히 앉아 있다.

마음이 상당히 진정된 듯,

"이름이 뭐지?"

"……."

"혹시 무슨 말 못 할 고민이라도 있는 거니?"

어색한 듯,

"사실은…… 선생님에 대한 개인적인 감정은 없었어요. 제 주변이 조금 어수선했기 때문에 뒤죽박죽이 되어버린 거 같아요."

"괜찮다면 좀 더 구체적인 이야기들을 들려줄 수 없을까? 함께 방법을 찾아볼 수 있을 것 같은데."

지는 해가 두 사람의 머리와 가슴을 붉게 물들이고 있다.

step2. 생활 속 예화를 통해 표현 방식 배우기

동일한 상황을 표현 방식을 달리하여 보여줌으로써 각각의 표현 방식이 지닌 특징을 찾아보고, 전달 방식의 차이점을 비교하면서 소설의 주된 표현 방식인 묘사, 서사, 대화를 익히는 수업이다. 수업 후에는 묘사, 서사, 대화 글쓰기 활동과 연계할 수 있다.

예화를 통해 소설 표현 방식 비교하기

"다음은 유사한 상황을 표현 방식을 달리하여 제시한 것입니다. 각각의 표현 방식을 비교해 보고 차이점을 찾아보세요."

① 옆집에 사는 차돌이는 요즘 웬 여드름이 그렇게도 극성을 부

리는지. 그렇지 않아도 새까만 얼굴에 울긋불긋 돋아나는 여드름은 사정없이 그의 얼굴을 강타하고 있다. 처음엔 뺨에 나기 시작하더니 어느 순간에 번지기 시작하는데, 마치 기름통에 불을 지른 듯 미친 듯이 툭툭 올라오는 거야.

② 차돌이의 여드름 사건은 사실 피부의 이유 있는 반항이었다. 얼마 전 우리 동네에 골목길 돌아 들어오는 맨 끝 집 말이야. 그 집에 정말 고백하건대, 내 생애 한 번 볼까 말까 한 대단한 여학생이 이사를 온 거야. 얼굴만 예쁘면 그래도 덜할 텐데. 그날 밤 우린 못 들을 걸 들었어. 그 아름다운 노랫소리. 도깨비에 홀린 듯 두 발이 꽁꽁 묶여버렸어. 마음까지도 말이야. 그러니까 차돌이가 그 보기 흉한 몰골이 된 건 그날 밤부터야. 운명의 신은 불쌍한 차돌이를 왜 그렇게 만드셨는지. 얼굴은 못생긴 데다가 숫기 없기로 소문난 차돌이가 혼자 속 끓이며 괴로워하는 건 너무 당연하잖아.

③ "차돌아! 너 요즘 무슨 고민 있냐? 얼굴에 웬 꽃무늬? 솔직하게 고백해 봐."
머뭇거리기만 하는 차돌이는 마침내 결심했다는 듯이 한마디를 던졌다.
"나…… 나…… 사랑에 빠졌나 봐. 골목길 끝 집 있지? 그 집에 누가 이사 왔는지 아냐? 한순간에 반한다는 말을 나는 믿지 않았었어. 그런데 벌어진 거야. 내게도 운명의 신이 손을 뻗친 것 같아."

소설의 표현 방식 연습하기

서사, 묘사, 대화를 써보는 활동이다. 똑같은 상황을 설정해 놓고, 이것을 서사 혹은 묘사나 대화로 바꾸어 써봄으로써 각각의 표현 방식이 이야기 전달에서 주는 효과를 비교해 볼 수 있다.

① 하루 일과 중에서 특정한 상황을 선택한다.
② 선택한 상황을 묘사, 서사, 대화의 형태로 각각 옮겨본다.
③ A4 1매 분량으로 작성한다.

상황: 비 오는 날 버스 안에서 거리의 과일 장수 할머니를 보면서

[묘사] 내가 무엇 때문에 애써 빗줄기가 가리는 차창 너머로 그녀를 바라봤는지는 모르겠다. 하지만 오늘도 어김없이 그녀는 그곳에 있었다. 아련한 삶을 자아내는 뿌연 담배 연기와 세상의 무게에 짓눌려 작아져만 가는 그녀의 작은 키가 보인다. 그녀가 파는 과일 좌판 위로 거리를 지나는 우산에서 빗방울이 떨어진다. 허공을 응시하는 쓸쓸한 눈빛과 희끗희끗한 머리 위로도 빗줄기가 새어들고 있었다. 어느샌가 세월의 애수를 간직한 주름 위로 슬픔이 배인다.

[서사] 그녀가 언제부터 이곳에 자리를 잡고 과일을 팔았는지는 아무도 모른다. 누구도 그녀에게 관심을 갖지 않았고 알고 싶어 하지도 않았다. 내가 그녀를 처음 본 건 아주 어릴 적 엄마 손에

이끌려 치과를 다니던 때부터였다. 늘 지친 모습이었고, 낡을 대로 낡은 그녀의 앞치마가 너무나 추워 보였다. 하지만 내가 그녀의 모습을 잊지 못하는 건 그녀에게서만 났던 특이한 담배 냄새 때문이다. 비가 내린다. 그녀를 처음 본 날도 비가 내렸었다. 오늘처럼 쓸쓸하게 비가 내리는 날이면 어린 날 보았던 그녀의 슬픈 모습이 떠오른다.

4. 생활 속 예화를 활용한 소설 시점 수업

학생들이 공감할 수 있는 예화를 통해 소설의 시점을 이해하고 이를 적용하여 생산하는 수업이다. 실제 사례를 바탕으로 수업이 진행되므로, 시점이 왜 필요한지에 대한 이해와 수업 호감도를 높일 수 있다. 이야기 구성에서 시점이 왜 필요한지, 어떤 역할을 하는지, 실제로 이야기를 만들 때 선택 가능한 시점은 무엇이 있는지 등을 예화를 통해 이해하고 다시 적용해서 생산하는 활동으로 이어진다. 서술자의 역할과 변화에 대한 다양한 예화를 소개하고, 학생들 스스로 유형별 특징을 찾아내면서 시점의 기능을 이해하도록 돕는 과정으로 진행한다.

수업 절차

다양한 시점이 적용된 사례와 예화를 먼저 제시한 후, 시점의 효과가 무엇인지에 대한 이론을 추출하는 귀납적 방식으로 진행한다.

step1. 예화를 통해 작가·서술자·독자의 눈 탐구하기

작품을 통해 만나는 세 개의 눈(작가의 눈, 서술자(인물)의 눈, 독자의 눈)으로 초대하면서 탐구 방법을 안내한다.

교사의 수업 담화

"교실의 창밖에는 넓은 세상이 있습니다. 누가 보이나요? 무엇이 보이나요? 어떤 이는 세상에서 희망을 읽어내고, 또 어떤 이는 절망을 읽어냅니다. 어떤 이에게는 긍정이 보이고, 어떤 이에게는 저항과 대결이 보입니다. 저마다 눈에 들어오는 세상이 다른 것입니다. 영원히 청춘의 눈으로 부푼 마음 안고 살아가는 이도 있고, 젊지만 노년의 눈으로 세상을 바라볼 수도 있습니다. 누구의 눈으로, 어떤 이의 가슴으로 바라보고 싶은가요? 한 편의 작품에는 세 개의 눈이 움직입니다. 소설을 창작한 작가의 눈, 작가가 설정한 이야기 전달자인 서술자의 눈, 그리고 독자의 눈. 여러분은 누구의 눈으로 세상을 만나고 싶은가요?

step2. 생활 속 예화를 활용하여 시점 익히기

학생들이 공감할 수 있는 이야기를 함께 만들면서 이야기가 변화되는 요소들을 탐색하는 활동을 통해 소설 구성의 실제를 체험하는 수업이다.

예화를 통해 시점 비교하기

"비슷한 내용을 시점의 변화를 주어 표현해 본 것입니다. 구체적인 예화를 통해 시점이 주는 효과가 어떻게 다른지 느껴보세요."

(예화 1) 나는 오늘 아침에도 어제 일이 생각나 개운하지 않았다. 엄마의 살아온 나날들을 충분히 이해하고도 남는다. 나는 상상할 수조차 없는 힘겨웠던 시간을. 그럼에도 내 마음에선 안타까움과 원망의 마음이 함께 자라난 것 같다. 어제 일도 그런 감정과 무관하지 않다. 엄마의 삶에 대한 불만이 나와 엄마의 보이지 않는 거리를 자꾸만 멀어지게 만들고 있다는 생각도 든다. 창틈으로 새어드는 아침 햇살에 눈이 부시다. 나는 쏟아져 들어오는 빛을 참을 수 없어 커튼으로 창을 부서질 듯 덮어버렸다.

- 서술자는 누구?
- 서술자와 인물의 관계는?
- 서술자는 주로 무엇을 이야기하나?
- 시점은?

(예화 2) 아침 햇살이 벌써 눈부시다. 방문을 열어보았으나 엄마는 보이지 않았다. 늘 그랬던 것처럼 조금도 흐트러짐 없이 잘 정돈되어 있는 물건만이 한눈에 들어온다. 내 방에 다시 들어왔다. 그런데 편지 한 통이 눈에 들어온다. 펼쳐보니 엄마의 글씨였다.

'너를 지켜보는 엄마 또한 힘들구나. 너의 모습이 이해가 되면서도 엄마의 지난날들과는 너무나 다른 너를 보고 있으면 참을 수가 없구나. 어제 일은 우리 서로 이해하자. 내게도 시간을 좀 다오.'
한참 뒤 엄마는 돌아오셨다. 그러곤 아무 말 없이 방문을 닫으셨는데, 흐느끼는 소리가 새어 나왔다. 그러고는 이내 흐느낌이 통곡으로 변했다.

- 서술자는 누구?
- 서술자와 인물의 관계는?
- 서술자는 주로 무엇을 이야기하나?
- 시점은?

step3. 작품 속 다양한 서술자의 눈 따라가기

구체적인 작품을 통해 서술자가 누구인지 찾아보고, 서술자가 인물을 바라보는 태도를 파악하면서 시점의 특성과 유형을 파악하는 귀납적인 활동이다.

사례 1 – 사평역(임철우)

사람들은 누구도 입을 열지 않는다. 대합실 벽에 붙은 시계가 도착 시간을 한 시간 반이나 넘긴 채 꾸준히 재깍거리고 있었지만 누구 하나 눈여겨보는 사람은 없다. 창밖엔 싸륵싸륵 송이눈이 쌓여가고 유리창마다 흰 보랏빛 성에가 톱밥난로의 불빛을 은은하게 되비추어 내고 있을 뿐. 사람들은 약속이나 한 듯 말을 잊었다. 어쩌면 그들은 열차를 기다리고 있다는 사실조차 망각하고 있는 것인지도 모른다. 중년 사내는 담배를 입에 문 채 성냥불을 댕기려다 말고 멍하니 난로의 불빛을 들여다보고 있다. 노인을 안고 있는 농부도, 대학생도, 쭈그려 앉은 아낙네들도, 서울 여자도, 머플러를 쓴 춘심이도 저마다의 손바닥들을 불빛 속에 적셔 두고 망연한 시선을 난로 위에 모은 채 모두들 아무 말도 하지 않았다.

- 서술자는 누구?
- 서술자와 등장인물의 관계는?
- 시점은?
- 서술자가 등장인물을 바라보는 태도는?

사례 2 - 서울, 1964년 겨울(김승옥)

다음 날 아침 일찍 안이 나를 깨웠다.

"그 양반 역시 죽어버렸습니다."

안이 내 귀에 입을 대고 그렇게 속삭였다.

"예?" 나는 잠이 깨끗이 깨어버렸다.

"방금 그 방에 들어가 보았는데 역시 죽어버렸습니다."

"역시……." 나는 말했다.

"사람들이 알고 있습니까?"

- 서술자는 누구?
- 서술자와 등장인물의 관계는?
- 시점은?
- 서술자가 등장인물을 바라보는 태도는?

"아직까진 아무도 모르는 것 같습니다. 우선 빨리 도망해 버리는 게 시끄럽지 않을 것 같습니다."
"사실이지요?"
"물론 그렇겠죠."
나는 급하게 옷을 주워 입었다. 개미 한 마리가 방바닥을 내 발이 있는 쪽으로 기어 오고 있었다. 그 개미가 내 발을 붙잡으려고 하는 것 같은 느낌이 들어서 나는 얼른 자리를 옮겨 디디었다. 밖의 이른 아침에는 싸락눈이 내리고 있었다. 우리는 할 수 있는 한 빠른 걸음으로 여관에서 멀어져 갔다.

사례 3 – 치숙(채만식)

우리 아저씨 말이지요, 아따 저 거시키, 한참 당년에 무엇이냐 그놈의 것, 사회주의라더냐, 막걸리라더냐 그걸 하다, 징역 살고 나와서 폐병으로 시방 앓고 누웠는 우리 오촌 고모부 그 양반……. 머, 말두 마시오. 대체 사람이 어쩌면 글쎄…… 내 원! 신세 간데없지요. 자, 십 년 적공, 대학교까지 공부한 것 풀어먹지도 못했지요, 좋은 청춘 어영부영 다 보냈지요, 신분에는 전과자라는 붉은 도장 찍혔지요, 몸에

- 서술자는 누구?
- 서술자와 등장인물의 관계는?
- 시점은?
- 서술자가 등장인물을 바라보는 태도는?

는 몹쓸 병까지 들었지요, 이 신세를 해가지굴랑은 굴속 같은 오두막집 단칸 셋방 구석에서 사시장철 밤이나 낮이나 눈 따악 감고 드러누웠군요.

사례 4 – 사랑손님과 어머니(주요섭)

"응, 이 꽃! 저 사랑 아저씨가 엄마 갖다 주라구 줘."

하고 불쑥 말했습니다. 그런 거짓말이 어디서 그렇게 툭 튀어나왔는지 나도 모르지요. 꽃을 들고 냄새를 맡고 있던 어머니는 내 말이 끝나기가 무섭게 무엇에 몹시 놀란 사람처럼 화닥닥하였습니다. 그러고는 금시에 어머니 얼굴이 그 꽃보다 더 빨갛게 되었습니다. 그 꽃을 든 어머니 손가락이 파르르 떠는 것을 나는 보았습니다. 어머니는 무슨 무서운 것을 생각하는 듯이 방 안을 휘 한 번 둘러보시더니,

"옥희야, 이런 걸 받아 오면 안 돼."

하고 말하는 목소리는 몹시 떨렸습니다. 나는 꽃을 그렇게도 좋아하는 어머니가 이 꽃을 받고 그처럼 성을 낼 줄은 참으로 뜻밖이었습니다.

- 서술자는 누구?
- 서술자와 등장인물의 관계는?
- 시점은?
- 서술자가 등장인물을 바라보는 태도는?

step4. 서술자를 바꾸어 다시 쓰기

〈사랑손님과 어머니〉를 대상으로 특정 장면을 골라 서술자를 바꿔 써보는 활동이다. 서술자가 바뀌면 작품의 분위기가 어떻게 달라지는지 느껴볼 수 있다.

〈사랑손님과 어머니〉 시점 바꾸어 다시 써보기

시점 바꿔 쓰기 1 – 전지적 작가 시점

남편의 친구가 이곳 학교로 발령을 받아서 왔다. 그동안 잠자고 있던 숨은 감정들이 새록새록 솟아나기 시작했다. 남편이 떠난 뒤에 나는 죽은 듯이 살아왔건만, 남편에 대한 그리움까지도 걷잡을 수 없는 감정의 소용돌이를 만든다. 갑작스레 산란해진 마음을 가다듬을 수가 없다.

시점 바꿔 쓰기 2 – 옥희 어머니 시점

어느 날이었습니다. 옥희는 아저씨의 방에 가서 흰 봉투를 받아왔습니다.

"이거 지난달 밥값이래."

하는 말에 밥값을 받기로 한 일이 없기에 놀랐고, 봉투를 받아들었을 때 그 안에 내 마음을 흔들게 할 무엇인가가 느껴져 두려움이 밀려왔습니다. 그래서 조심조심 봉투를 열어보니 아니나 다를까 봉투 안에 밥값의 지전 외에 쪽지가 있었습니다. 나는 가슴이

너무 뛰고 얼굴이 화끈 달아오르는 것을 느꼈습니다. 떨리는 손으로 쪽지를 펴보니,

'옥희 어머니 그동안 친구의 부인인 것을 알면서도 옥희 어머니를 사모해 왔습니다. 그래서 이곳으로 전근도 오고, 옥희 어머니를 뵈려고 했었습니다. 그런데 옥희 어머니께서 자꾸 절 피하시니, 이번 학기가 끝나면 경성으로 떠날 생각입니다. 같이 가주십시오. 답장 기다리겠습니다. 사랑합니다.'

나는 그 편지를 읽은 후 여러 가지 생각에 정신을 차릴 수 없었습니다. 함께 가야 할지, 남편을 생각하며 전처럼 옥희와 단둘이 살아가야 할지……. 한참을 생각하고 있는데 옥희가 내게 안기며 "엄마 잘까?" 합니다. 나는 옥희를 보며,

'그래 옥희랑 살아야지. 난 이 아이 하나면 된 거야.'

하고 생각하며 옥희의 뺨에 입을 맞추곤 함께 기도를 했습니다.

"하늘에 계신 우리 아버지, 우리를 시험에 들지 말게 하옵시며, 시험에 들지 말게 하옵시며…… 시험에 들지 말게 하옵시며……."

나는 자꾸만 흔들리는 마음을 주체할 길 없어 이 부분을 되풀이하고만 있었습니다. 이때 옥희가 "엄마 내 마저 할게." 하는 것이었습니다.

시점 바꿔 쓰기 3 - 아저씨 시점

"옥희, 이것 가져. 옥희는 아저씨 가구 나문 아저씨 이내 잊어버리구 말겠지!"

"아니."

나의 말에 놀랐는지 옥희는 얼른 인형을 갖고 안방에 들어갔다.

그 뒤로 옥희는 다시 한번 나의 방에 들어왔다. 그 작은 손 한가득 삶은 달걀을 든 채…….

나는 그 달걀을 가방에 넣고 기차 시간에 맞추어 집을 나섰다. 기차역으로 가는 길에서 나는 수십 번이나 뒤를 돌아보곤 했다. 그러나 뒤는 항상 긴 길뿐이었다.

기차가 움직이기 시작했다.

'이제 이곳도 마지막이군. 좋은 곳이었는데…….'

나는 아쉬움을 쉽사리 감출 수가 없었다. 기운이 빠지고 고개가 저절로 숙여졌다. 내 앞엔 짐이 가득 담긴 가방뿐 그 어떤 것도 없었다.

"참 달걀이 있었지."

나는 얼른 가방을 열어 달걀을 꺼냈다. 달걀 하나를 꺼내 조금씩 까기 시작했다. 아직 달걀은 따뜻했다.

달걀을 한 입 베어 먹고는 떠나가는 이곳을 창문 너머로 바라보았다. 눈앞에 들어오는 광경…… 그녀였다. 그녀가 옥희와 함께 저 언덕에서 나를 보고 있었다. 뚜렷이 보이진 않지만 그녀가 틀림없었다.

나는 지금이라도 달려가고 싶었지만 차마 그럴 수는 없었다.

난, 애써 고개를 돌려 나의 현실을 외면했다.

step5. 시점 적용하여 표현하기

특정한 상황을 선택하여 시점을 적용해 표현하는 생산 활동이다.

① 자신의 하루 일과를 중심으로 상황을 선택한다.

② 시점을 선택한다. (1인칭 주인공, 1인칭 관찰자, 3인칭 작가관찰자, 전지적 작가)

③ 상황을 구체적으로 표현해 본다.

점심시간 후의 5교시 수업 (1인칭 주인공 시점, 학생 글)

지난여름의 초록이 지쳐서 붉은 단풍이 들어버린 가을입니다. 사람들은 말합니다. 가을은 독서와 식욕의 계절이라고요. 그러나 그 누가 말하지 않았던가요? 가을은 졸음의 계절이라고……. 모두 제정신이 아니네요. 하긴, 5교시 수업 종 치려면 아직도 30분이나 남았으니, 지겹기도 하겠네요. 정말로 점심시간 다음 수업은 참고 앉아 있기가 힘듭니다. 날씨는 선선하지, 열어놓은 창문으로는 시원한 바람 한 자락 불어 들어와 목덜미를 간질입니다. 가뜩이나 졸린 나를 완전히 재워버리려고 바람이 고생하는군요. 그 성의를 보아서라도 안 잘 수도 없고……. 그러나 반 이상 엎어진 애들을 데리고도 열심히 수업하시는 선생님을 보고 있자니 안쓰러운 마음에 나까지 푹 엎어져 자기가 죄송하고…… 그저 선생님 눈치만 봐가며 조금씩 조는 척하기만 할 뿐…….

7장

작품으로 놀아보는
재구성·재창조·생산 수업

1. 감성과 감각을 입혀 재구성하는 영상시 수업

학생 스스로 시를 선택하고, 시를 읽고, 자신의 감성으로 시 속 상황에 맞는 이미지와 음악을 입혀 영상시로 재구성하고 재창조하는 수업이다. 한 편의 시에 이미지, 사진, 영상, 음악 등의 매체를 입혀 재구성해 본다. 교사가 추천하는 현대시 작품 목록을 활용할 수 있다. 이미지와 음악 등을 입히는 과정에서 학생들 개개인이 지닌 문학적 감성과 공감 능력, 표현 능력이 응집될 수 있다. 학생들의 호감도가 매우 높은 활동으로, 수행평가로 활용하기에 좋다. 영상시 재구성 활동 후에 우수 영상시는 시 단원 수업에서 교수·학습 자료로도 활용할 수 있다.

수업 절차

학생들이 현대시 감상의 즐거움이 증폭되도록 호감도를 높일 수 있는 시 감상 목록을 제시하는 것이 필요하다. 시를 선택하는 과정에서 자연스럽게

100여 편의 시를 접하면서 시에 대한 이해와 호감도를 높이는 효과도 기대할 수 있다. 연마다 시적 상황에 대한 이미지를 입히고 시의 분위기에 맞는 음악을 입히는 과정을 통해 학생 스스로 해석 능력을 키우면서 나만의 영상시를 제작하도록 안내한다. 영상시는 학생들이 스스로 해석하는 힘이 반영된 능동적인 재구성·재생산 활동이다. 동영상으로 제작하게 하고, 제작 후에는 영상시 제작 설명서를 작성하게 하여 영상시를 통해 주체적인 수용과 생산의 과정을 정리해 볼 수 있도록 한다.

① 인상적인 한 편의 시를 선정한다.

② 시를 읽고 화자를 중심으로 시 속의 상황을 능동적으로 해석한다.

③ 시의 전체적인 분위기와 각 연의 내용에 걸맞은 이미지(사진, 그림)를 직접 사진으로 찍거나 그림으로 그려 파일로 저장한다. 이미지를 인터넷에서 다운받아 사용할 경우 출처를 밝혀야 한다.

④ 분위기에 어울리는 음악을 선정한다. 이때도 출처를 밝힌다.

⑤ 동영상 편집 프로그램을 활용하여 UCC로 영상시를 제작한다.

⑥ 수업 시간을 활용하여 영상시 개별 제작 설명서를 작성한다.

⑦ 학급 베스트 영상시를 선정하여 공유하거나 학교 '문학의 밤'에서 전교생과 공유한다.

step1. 나의 감각으로 영상시 만들기

영상시 만들기를 하기 위한 현대시 목록을 선정하여 제시하고 진행 방법을 안내한다. 필자의 문학 수업 블로그에는 상황별로 갈무리한 시인의 시 120여 편과 학생 시 330여 편이 탑재되어 있다.

현대시 상황별 분류

인생을 느끼고 싶을 때 / 고요를 느끼고 싶을 때 / 평화를 느끼고 싶을 때 / 사랑을 느끼고 싶을 때 / 생명을 느끼고 싶을 때 / 사물을 새롭게 느끼고 싶을 때 / 나를 찾고 싶을 때 / 나를 키우고 싶을 때 / 나를 일으키고 싶을 때 / 사랑을 느낄 때 / 사랑이 찾아올 때 / 진정한 사랑을 하고 싶을 때 / 마음이 외롭고 힘들 때 / 삶을 돌아보고 싶을 때 / 마음속 그곳이 그리울 때 / 새로운 용기가 필요할 때 / 누군가를 위로해 주고 싶을 때 / 어디론가 떠나고 싶을 때 / 크게 한번 웃고 싶을 때 / 시를 쓰고 싶을 때 / 마음이 따뜻해지고 싶을 때 / 죽음을 만난 후에 노래한 시

수행 방법

① 웹에서 '이낭희의 산책 문학여행'를 검색한다.

(http://blog.naver.com/nanghee777)

② 블로그 메뉴에서 '느낌이있는시(문학 교과서에 수록된 시 120여 편)', '한겨레신문추천시(고등학생 창작시 37편)', '1318창작시(중·고등학생 창작시 290여 편)' 중 택 1

③ 시를 읽고 화자를 중심으로 시 속의 상황을 해석한다.

④ 시에 걸맞은 이미지, 그림, 음악 등을 고른다.

⑤ 동영상 편집 프로그램을 활용하여 UCC로 제작한다.

⑥ 담당 교사에게 메일로 제출한다.

⑦ 영상시 제출 후 수업 시간을 활용하여 제작 설명서를 추가로 작성하여 제출한다.

평가 기준

① 능동적인 감상을 통한 해석과 적절한 매체 표현이 이루어졌는가? (영상과 음악과 이미지 구성)

② 영상시로 재구성하는 과정에 주체적이고 창의적인 수용 태도가 담겨 있는가?

③ 영상시 제작 설명서 작성이 적절하고 정확하게 이루어졌는가?

step2. 영상시 제작 설명서 작성하기

영상시를 제작한 뒤, 수업 시간을 활용하여 영상시 제작 설명서를 작성한다. 학생은 영상시 제작 과정을 정리하는 활동으로, 교사는 학생의 능동성을 파악하는 시간으로 활용한다.

제작 설명서 양식 (예시)

내가 만든 영상시 제작 설명서　　학번:　　이름:

영상시		제목:　　작가:
시가 나에게로 왔다 (선정한 이유를 구체적으로 작성)		
영상시 제작 과정 설명	3줄 감상 (시 속 상황 스케치)	
	이미지 구성 (사진 또는 그림)	
	배경음악 구성	
	UCC 제작	

내가 만든 영상시의 특징 (제작 포인트 제시)	
영상시 제작 활동 소감	

step3. 베스트 영상시 공유하기

(영상시 1) 이형기의 〈낙화〉를 자신의 성장 과정과 연결 지어 표현한 영상시. 시 속의 헤어지는 장면을 민들레 홀씨가 날아가는 이미지로 재구성하여, 이별은 성숙해지기 위한 하나의 과정이라는 것을 보여준다.

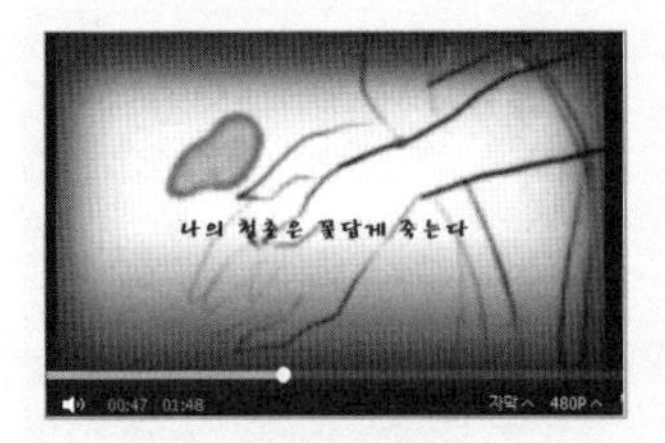

(영상시 2) 도종환의 〈첫눈 내리는 날에 쓰는 편지〉를 게임 시나리오 영상으로 새롭게 재구성한 창의적인 영상시 사례이다.

('이낭희블로그'에 있는 중·고 우수 영상시 참조)

step4. 시 수업에 학생 영상시 활용하기

학생들이 만든 영상시 가운데 시 단원 수업과 관련되는 것들을 교수·학습 자료로 활용할 수 있다.

학생 영상시를 활용한 시 수업

시 단원 수업의 마지막에 내면화를 위한 영상으로 활용하여 학생들의 호응이 높았다. 학생들이 해석한 시의 언어를 영상으로 표현한 것이어서 시 수업 자료로 매우 유익하다.

신경림의 〈농무〉 영상시 일부

황지우의 〈새들도 세상을 뜨는구나〉 영상시 일부

(영상시 관련 자료는 '이낭희블로그 – 영상시' 참조)

2. 내면화 글쓰기 수업

내면화 글쓰기 수업은 한 편의 작품이 학생 자신의 삶에 어떤 의미가 있는지를 성찰하는 내면화를 통해 성장 경험을 제공하는 수업이다. 학생 스스로 문학작품을 감상하며 생산하는 문학 수업이 '학생을 일으키는 인생 수업'이 될 수 있다는 생각에서 구안한 것이다.

내면화 글쓰기는 학생의 상황과 맥락을 고려한 글쓰기 활동으로, 학생의 삶에 밀착될 수 있는 글쓰기 유형을 제시하여 성찰과 성장을 하도록 돕는 활동 수업이다.

수업 절차

작품 감상의 마지막 순간에 작품에서 나의 삶으로 시선을 돌리는 문학적 성찰 글쓰기 활동을 포트폴리오형 수행평가로 진행했다. 작품에 대한 감상 수업에서 나의 생산 활동으로 넘어가는 순간이다. 한 편의 시, 한 편의 소설을 온전히 나의 삶 속에서 느끼는 활동으로, 학생들의 호감도가 매우 높았으며 1년간의 지속적인 글쓰기를 통해 성찰과 성장을 경험할 수 있다.

① 수업의 최종 목적이 무엇인지 성찰한다.

② 시 속의 '너'를 생생한 '나'로 만날 수 있는 수업으로 학생들을 초대한다.

③ 인물 공감, 정서 공감, 시선 공감 수업으로 구성한다.

④ 작품 공감에서 자신의 삶 속으로 확장시키는 글쓰기 활동으로 유도한다.

⑤ 작품 감상의 마지막 단계에 문학적 성찰을 통한 글쓰기가 될 수 있도록 안내한다.

⑥ 작품의 상황을 학생들의 상황과 밀착시켜 글쓰기 주제로 부각한다.

내면화 글쓰기 작품 목록과 글쓰기 주제

시	글쓰기 주제
남신의주 유동 박시봉방(백석)	나의 갈매나무에게 보내는 서신
산유화(김소월)	나의 산유화에게 말을 걸어볼까?
농무(신경림)	너의 슬픔을 내가 위로해 줄게
추억에서(박재삼)	나의 유년 시절의 눈물 또는 울 엄매의 눈물
어느 날 고궁을 나오면서(김수영)	다시 쓰는 시! 모래야 나는 얼마큼 적으냐?
가을의 기도(김현승)	나의 가을의 기도
바위(유치환)	나의 바위에게
즐거운 편지(황동규)	벗에게 들려주고 싶은 말은?
눈물은 왜 짠가(함민복)	나에게 눈물은 왜 짠가?
교목(이육사)	내 마음을 울린 이육사 시인의 한 줄
새들도 세상을 뜨는구나(황지우)	내가 느끼는, 새들도 뜨는 세상은?
봄길(정호승)	봄길을 걸어가는 그대에게 띄우는 편지
방문객(정현종)	이 한 편의 시가 내게 주는 감동은?

소설/수필	글쓰기 주제
광장(최인훈)	나의 밀실은 건강한가, 나의 광장은 건강한가?
젊은 느티나무(강신재)	나의 사랑 나의 청춘 나의 꿈, 젊은 느티나무에게
눈길(이청준)	어머니와 아들이 남긴 눈길 위의 발자국을 따라가노라면?
날개(이상)	18세 비상의 꿈, 날개야 다시 돋아라
사평역(임철우)	인물의 삶이란, 나에게 삶이란?
자전거 도둑(김소진)	내 유년 시절의 상처 돌아보기

태평천하(채만식)	우리 시대 윤 직원에게 고한다
역마(김동리)	세 갈래의 길 위에서 나를 만나다
유예(오상원)	나의 삶에서 유예의 의미는?
만세전(염상섭)	내 안에 이인화는 없는가, 우리 시대 이인화는 없는가?
조침문	제문 형식을 빌려 애도하는 글을 쓰면?
규중칠우쟁론기	나의 애장품에 말을 걸어볼까?
통곡할 만한 자리(박지원)	내가 통곡할 만한 자리는?
사씨남정기(김만중)	① 조선 여성들은 왜 부뚜막에서 눈물 흘리며 사씨를 만났을까? ② 김만중이 대중적인 소통을 끌어낸 문화적인 진보에 대한 나의 생각

step1. 작품 공감에서 자신의 삶 속으로 확장하기

시나 소설을 감상할 때 '작가=나', '인물=나'의 입장에서 일체화하면 너의 노래가 나의 노래가 되고, 너의 이야기가 나의 이야기로 들린다. 곧 이해와 공감 능력이다. 작품에 대한 공감에서 나의 삶에 말을 걸어 보는 활동이다.

삶에 말 걸기

작품 속,

- 너는 왜 힘들어하지?
- 무엇이 너를 힘들게 하지?

- 상황 속에서 너의 선택은 어떤 의미가 있는 것일까?

내 삶 속,

- 너의 모습을 보며 나는 이렇게 생각해.

- 내가 너라면 나는 어떻게 했을까?

문학은 삶에 대한, 사람에 대한 공감 능력을 키워준다.

step2. 문학적 성찰을 통한 글쓰기

작품 감상 후 나의 삶 속으로 작품을 들여와서 문학적 성찰과 사유가 담긴 한 단락짜리 글을 쓴다.

〈조침문〉의 제문 형식을 빌려 애도하는 글쓰기 - 조학문(弔學文)

유세차 모년 모월 모일에 학생 박○○은 두어 자 글로써 '배움'에게 고하노니, 인류 전체의 목적 가운데 중요한 것이 배움이로되, 우리나라 학생들이 다른 이와 경쟁하고 상대평가로 밟고 밟히고 참된 공부가 아닌 시험에 대비하려고만 하는 것이 도처에 흔한 바이로다.

이 배움은 한낱 누구나 쉽게 접할 수 있는 것이나, 이렇듯이 슬퍼함은 자신에게 이로운 공부가 아닌 주는 대로 공부하는 편협된 지(知)만을 추구함 때문이라. 오호 통재라, 아깝고 불쌍하다. 너를 얻어 손 가운데 지닌 지 우금 십팔 년이라. 어이 그렇지 아니하리오. 슬프다. 눈물을 잠깐 거두고 겨우 진정하여 너의 행장과 이들의 횡포를 총총히 적어 영결하노라.

박지원의 〈통곡할 만한 자리〉 내면화 글쓰기 – 내가 통곡할 만한 자리는?

연암은 광활한 요동 벌판을 마주하고 기쁨의 정에 사무쳐 통곡할 만한 자리라고 했다. 그렇다면 지금 나는 어디서 통곡하면 좋단 말인가?

그곳은 지금 내가 앉아 있는 자리이다. 이 자리에 앉아 문학 수업을 들으며 수용을 하고 생산을 하며 내면화까지 가는 순간, 나에게는 문학작품 하나가 나에게 들어왔다는 기쁨과 이 시간이 한정되어 있다는 슬픔의 정이 사무쳐 통곡할 것이다.

오상원의 〈유예〉 내면화 글쓰기 – 나의 삶에서 유예의 의미는?

18세의 나는 지금 학생 신분이며 부모님의 보살핌 아래 살아가고 있다. 매일 교복을 입고 학교에서 수업을 들으며 입시를 위해 부단히 노력 중이기도 하다. 나는 이런 생활에 완전히 질려버렸다. 1년 전만 해도 그런 기분이 들 때면 대학 생활을 즐기고 있는, 혹은 나의 일에 매진하여 목표를 향해 달려가는 나를 상상하며 그런 날을 맞기 위해 현재라는 고통쯤은 참고 이겨낼 수 있다고 생각했었다.

하지만 어느덧 18세의 가을, 나는 어쩐지 내 학창 시절과 10대의 끝자락을 꽉 붙들고 싶다. 사회에 나가는 것은 왠지 '도약'이라기보다는 '퇴출'로 다가온다. 12년 동안 화장실에 가는 것조차 허락을 받았던 아이에게 책임이라는 거대한 짐을 어깨 위에 지게 한 뒤 비상을 원한다니. 잔인하다. 양손에 힘을 잔뜩 주고 필사적으로 버티는 것을 누군가가 퍽 하고 밀어버리는 것만 같다. 그래서 지금 나에게 남은 1년하고 몇 개월 남짓의 시간은 혹독한 현실 앞의 유예 기간이다. 소설 〈유예〉 속 주인공의 죽음을 앞둔 유예 시간과 다르게 나의 유예 기간은 달콤하다. 그래서 후에 돌이켜보았을 때 아마도 가장 좋았던 시절로 회상할 이 기간을 나는 열심히 즐기려 한다.

3. 자유연상 포토에세이 수업

일상의 새로운 발견이면서 문학적 발상과도 연계할 수 있는 글쓰기 활동으로, 사진을 활용한 자유연상과 해석을 통해 문학적 의사소통 체험을 해보는 언어 활동이다. 창작 교육과 연계해서 발상 연습으로도 활용할 수 있다.

1학기에는 교사가 추천하는 사진 이미지를 활용하고(1단계), 방학 과제로 학생들 스스로 인상적인 장면을 포착하고 포토에세이 활동을 웹을 통해서 할 수 있도록 진행한다(2단계). 2학기에는 학생들의 포토에세이에 탑재된 사진 이미지를 수업 자료로 활용하여 포토에세이 활동을 심화해 간다.

수업 절차

이미지를 활용해서 사고를 확장하는 수업이므로, 사고를 자극하는 여백이 많은 사진 이미지를 활용하는 것이 효과적이다. 사진 이미지를 매개로 학생들의 감성을 자극하고, 한 단락 쓰기 분량으로 자신이 사용할 수 있는 최적의 언어로 표현하도록 유도함으로써 감성 수업과 언어 수업의 연계가 가능할 것이다.

① 학생들 스스로 좀 더 창의적이고 자유롭게 자유연상을 할 수 있는 이미지를 선정해서 교실의 빔프로젝터 화면에 보여준다.

② 학생들은 제시된 사진 이미지에 자신이 생각하는 제목과 자신만의 감성과 언어 감각을 살린 단상을 적는다.

③ 교사는 학생들이 자유롭게 사색과 성찰의 언어들을 표현할 수 있는 분위기를 연출한다.

④ 우수 사례를 발표하도록 하고, 잘된 부분에 대해 아낌없는 격려 피드백을 제공한다. 지속적인 활동을 통해 학기 말에 포트폴리오 형태로 수행평가에 반영할 수 있다.

step1. 사진 이미지를 통해 자유연상 연습하기

빔프로젝터 등을 이용하여 사진을 보여주고, 이미지에 제목을 붙이거나 자유연상을 통한 3줄 에세이를 작성하는 활동이다. 사진 이미지는 학생들의 상황에서 공감할 수 있는 이미지, 다양하게 사고를 자극할 수 있는 이미지를 사용하면 더욱 효과적이다.

사진 이미지에 문장형 제목 붙이기

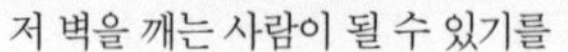

저 벽을 깨는 사람이 될 수 있기를

지금 너를 구속하고 있는 것은?

step2. 나만의 포토에세이 단상 쓰기

늘 걸어 다니고 있는 길, 그 길 위에서 만나는 사소한 것들 속에서 새롭게 '너'를 발견하는 순간의 기쁨을 사진 한 컷에 담는다. 사진과 함께 그 곁에 나만의 사색과 성찰이 담긴 포토에세이를 작성하여 교사 블로그 등에 탑재한다.

학생이 쓴 포토에세이

정동진에서 해를 기다리다 우연히 포착한 모습입니다. 영화 촬영을 위해 멋있게 연출된 상황도 아니고 뛰어난 컴퓨터 프로그램으로 다듬어진 것도 아닙니다. 하지만 굉장히 만족하고 아끼는 사진이에요.

바다와 하늘이 맞닿은 부분이 붉게 타들어 가는 모습만 보더라도 정말 멋있지 않나요? 제가 찍은 사진에 제가 흐뭇해한다는 것이 조금 쑥스럽지만요.

바다를 후루룩 마셔버리면 어떤 맛이 날까요? 짜기만 할 것 같지는 않습니다.

사람의 혀가 느낄 수 있는, 어쩌면 그 이상의 모든 맛을 종합해 놓았을지도 모르지요. 하지만 그 모든 맛을 느끼기에 아직은 저의 미각이 발달하지 않은 듯합니다.

바다에 낚싯대를 던지는 아저씨의 모습이 제 모습과 많이 닮았습니다. 저도 조금 있으면 저의 모든 것을 세상 속에 던져야만 하니까요. 가는 낚싯대에 나를 미끼로 묶어서…….

아저씨가 8mm의 망둥어를 낚으셨는지, 15m의 고래상어를 낚으셨는지 끝까지 지켜보지 못했습니다. 〈고래 사냥〉이라는 노래의 가사처럼 '신화처럼 숨을 쉬는 고래'를 잡으러 그냥 떠나버리셨을지도 모르지요.

저는 어떤 것들을 낚을 수 있을까요? 고린내 나는 헌 신짝이어도 좋습니다. 거기엔 제 땀 냄새가 배어 있을 테니까요. 소금 맷돌도 좋습니다. 많은 곳에서 절 필요로 할 테니까요. 태양을 낚아도 좋습니다. 이기적이지만 빛나는 명예와 권력도 누려보고 싶거든요.

하지만 저는, 당장 무엇을 낚든 결국에는 바다를 낚을 겁니다. 그의 바다, 그녀의 바다, 그들의 바다, 너의 바다, 그리고 나의 바다. 사람마다 각자의 바다가 있습니다. 그러나 "우리의 바다를 낚아간 건 바로 나다."라고 말할 수 있는 순간이 제게 올까요?

우리의 세상을 아낌없이, 아름답게 품어보고 싶은 아직은 현실보다 꿈의 키가 더 큰 열여덟 살의 마음입니다.

(포토에세이 관련 자료는 '이낭희블로그 - 1318 포토에세이' 참조)

step3. 함께하는 포토에세이 단상 쓰기 수업

여름방학 과제로 포토에세이를 써서 교사 블로그 등에 올리게 한다. 2학기에 이 자료들을 활용하면 더욱 풍성한 에세이 수업이 가능하다.

학생들이 쓴 포토에세이 단상

300번의 진동

너를 키워 300개의 알을 보려고 300원에 너를 샀는데 300시간 만에 너를 멀리 보내고 300번도 더 넘게 너를 그리워하다가 300시간도 안 되어서 너를 잊었다. 그런데 어느 날 노란 털실을 잡았는데 네 몸속의 따뜻했던, 여린 진동이 내 손끝에서 300번 울리는 까닭은?

ON

내 마음의 스위치를 켭니다. 문학 시간엔 항상 스위치를 켭니다. 선생님께서는 꺼져 있는 마음을 켜는 방법을, 스위치를 찾아 켜는 방법을 알려주신 것 같아요. 오늘도 저는 마음을 켭니다.

4. 속담사전 프로젝트 수업

우리 민족의 정서와 문화가 생생하게 살아 있는 속담을 활용한 수업이다. 웹 또는 카톡을 기반으로 속담사전 프로젝트 활동으로 안내한다. 생활 속에 살아 있는 속담, 문학작품 속에 살아 있는 속담을 중심으로 자신의 체험과 관련 지어보는 프로젝트 활동이다. 웹 속담사전은 학생들의 경험과 감각으로 재구성한 속담 콘텐츠이므로 작품을 감상하거나 언어 감각을 기를 때 효과적으로 활용할 수 있다.

수업 절차

① 내가 선택한 속담을 기록한다.

② 속담의 사전적 의미를 작성한다.

③ 속담에 담긴 우리 민족의 사고방식을 추리해 본다. (나의 의견 쓰기)

④ 상황을 그림(만화)으로 표현한다.

⑤ 속담과 관련된 생활 속 나의 체험 사례를 담아본다.

⑥ 과제 체험 후 소감을 작성한다.

step1. 속담 재구성하기

자신이 탐구하고 싶은 속담을 선정하여 속담의 사전적 의미를 찾아보고, 속담에 담긴 우리 민족의 사고방식이 무엇일지 자신의 의견을 담아 추리해 본다. 덧붙여 속담과 관련한 자신의 구체적인 체험 사례를 떠올려보고 글로 작성한다. 활동을 통해 속담에 담긴 옛사람의 언어 감각을 느낄 수 있도록 한다.

속담 추리하며 재구성하기 - 예시

① 내가 선택한 속담

사촌이 땅을 사면 배가 아프다.

② 속담의 사전적 의미

남이 잘되는 것을 매우 시기함을 일컫는 말

③ 속담에 담긴 우리 민족의 사고방식 (나의 의견 쓰기)

나는 우리 민족의 사고방식이 담겨 있는 속담으로 '사촌이 땅을 사면 배가 아프다.'를 정했다. 우리나라 사람들은 겉으로는 남이 잘되는 것을 칭찬해 주고 좋아해 주는 척하나 속으로는 그것을 진심으로 칭찬하고 좋아하기보다는 몹시 부러워하는 경향이 있다. 이런 점에서 '사촌이 땅을 사면 배가 아프다.'라는 속담은 우리나라 사람들의 사고방식을 여실히 보여주는 것이라고 생각한다. 비슷한 속담으로는 '이웃집 곳간이 차면 배가 아프다.'가 있다. 내가 잘 안 되는 것은 참을 수 있지만 남이 잘되는 꼴은 죽어도 볼 수 없다는 우리나라 사람들의 정서를 나타내 주는 것 같다. 나는 이런 배타적 이기심은 꼭 버려야 한다고 생각한다. 그런데 인터넷에서 자료를 찾던 중 이 속담을 다른 쪽으로 해석하는 것을 알게 되었다. 이 해석을 설명하자면, 옛날 우리나라가 농경사회일 적에 사촌이 땅을 사면 너무 기쁜 나머지 그 땅에 거름(?)을 주기 위하여 변소에 가서 안 나오는 변을 보기 위해 배가 아픈 것이라는 해석이다. 이 속담이 일제 시대에 지금 같은 안 좋은 뜻으로 변했다는 것이다. 이 해석이 정확할지는 모르겠지만 개인적으로 이 생각에 동의하고 싶다. 남이 잘되는 것을 칭찬하고 격려하고 돕는다면 우리나라는 더욱 발전하고 선진국이 될 거라고 믿는다.

④ 나의 체험 사례

이 과제를 수행하면서 나도 이렇게 남을 시기한 적이 있을까 곰곰이 생각해 봤다. 중학교 때의 일이다. 학기가 시작하고 친구들끼리 서먹서먹함이 조금씩 없어지던 때에 선생님께서 반장 선거에 대한 이야기를 꺼내셨고, 내심 반장이 되고 싶었던 나는 반장 선거 후보에 나가게 되었다. 떨리는 마음으로 반장 선거에 임했지만, 결국 나는 다섯 표 차로 떨어졌다. 가슴이 무너지는 것 같았다. 그때 반장으로 뽑힌 친구가 나에게 말했다. "야! 참 안타깝게 됐다. 1년간 잘 부탁할게." 나는 웃으며 "아니야, 무슨 소리야! 네가 반장이 돼서 정말 기뻐. 만약 내가 반장이 됐으면 나는 우리 반을 제대로 이끌지 못했을 거야. 반장 된 거 정말 축하한다." "그래 정말 고맙다, 친하게 지내자!"

하지만 나는 너무 괴로웠고, 그 친구가 너무 미웠다. 속으로 그 반장 녀석에게 욕도 많이 했다. 나를 안 뽑아준 반 친구들도 원망스러웠다. 지금 생각해 보니 내가 그때 한 짓이 '사촌이 땅을 사면 배가 아프다.'라는 속담과 딱 맞아떨어지는 상황인 것 같다. 이제 나도 그런 이기적인 사고에서 벗어나야겠다는 생각이 든다.

⑤ 과제 체험 후 소감

나는 '속담사전 만들기'라는 프로젝트를 통해 참 뜻깊은 경험을 한 것 같다. 우선 나는 여태까지 이런 수행 과제는 해보지 못했다. 그래서 처음에 이 과제를 받았을 때는 매우 어렵게 생각했고 어떻게 해야 할지 갈피를 잡지 못했다. 그러나 조금씩 해나가면서 나름 재미를 깨닫게 되었고, 속담을 찾으면서 여러 가지의 뜻도 알게 되었고, 그냥 무심코 지나치던 속담에 '우리나라 사람들의 사고방식이 담긴 속담이 참 많구나.' 하는 생각도 들었다. 그리고 나의 경험을 쓰면서 '내가 정말 한국인의 사고를 가지고 있었구나.'라는 것도 깨닫게 되었고, 내가 고쳐야 할 점도 알게 되어 매우 뜻깊었다. 처음에는 우리 민족의 사고방식에 대해 써보는 것도 잘 안 될 거라고 생각했는데, 막상 써보니 의외로 줄줄 써 내려졌다. '나도 이런 과제를 할 수 있구나!' 하는 생각에 매우 기뻤다.

속담 하나로 이렇게 많은 것을 할 수 있다는 데에 놀라웠다. 이번 과제로 우리나라 속담을 더 잘 알 수 있는 계기가 된 것 같다.

step2. 웹 속담사전 자료 공유하기

학생들이 작성한 속담 프로젝트 수행 결과를 블로그 등에 탑재하도록 하여 공유 자료로 활용한다. (관련 자료는 '이낭희블로그 - 속담사전 프로젝트' 참조)

5. 작가 탐구 프로젝트 수업

학생들 스스로 모둠별 협력 학습을 통해 작가와 작품을 탐구하는 수업이다. 한국문학 작가들(시인, 소설가) 목록을 뽑고, 작가 탐구 내용 구성에 대해 함께 의논하면서 온라인과 오프라인을 연계하여 프로젝트를 수행한다.

학생의 자발성과 능동성을 최대한 지원하는 형식으로 진행하면 더욱 의미 있는 프로젝트 결과를 기대할 수 있다.

수업 절차

- 1단계(1주): [교실] 1인 1작가 선정, 동일 탐구 작가끼리 모둠 편성 (개별+모둠 활동)

- 2단계(2주): [교실] 모둠별 작가 탐구 프로젝트 수행 계획 수립 (개별+모둠 활동)
- 3단계(3주): [웹, 카톡, 페북] 탐구 자료 공유(작가 생가 사진, 작가 생가 또는 문학관 등 답사 안내, 시인 사진 자료, 시인 약력, 시인의 문학 세계, 대표작 감상, 작가 사이버문학관 등)
- 4단계(4주): [웹, 카톡] 작가와 가상 웹채팅 또는 모둠 토의 (모둠 활동)
- 5단계(5주): [교실] 작가 탐구 중간 프레젠테이션 (모둠 활동)
- 6단계(6주): [교실] 작가 탐구 개별 보고서 작성, 제출 (개별 활동)

step1. 작가 선정, 동일 탐구 작가끼리 모둠 편성하기

현대시 작가 목록, 현대소설 작가 목록 중에서 탐구하고 싶은 작가별로 모둠을 편성한다. 작가 카드를 만들어 뽑기를 하면 더 흥미롭게 접근할 수 있다.

현대시 작가 목록	현대소설 작가 목록
김소월 한용운 김영랑 정지용	이광수 김동인 현진건 염상섭
김광균 유치환 서정주 백석 박두진	최서해 이상 김유정 김동리 채만식
조지훈 이육사 윤동주 박목월	이효석 황순원 김정한 이범선
김춘수 신동엽 박재삼 신경림 고은	하근찬 박경리 최인훈 윤흥길
기형도 곽재구 김수영	이청준 김승옥 박완서 이태준

step2. 모둠별 작가 탐구 계획서 작성하기

작가 탐구 계획을 수립하여 계획서를 방학 전 제출한다. 계획서에는 해당 작가를 선정한 이유, 탐구하는 목적과 내용, 탐구 과정 세부 계획

(8~10월 월별 활동), 모둠원 역할 분담, 모둠 토의 내용 등이 포함되어야 한다.

'작가 탐구 계획서'에 담을 수 있는 내용

- 작가를 선정한 이유
- 작가의 일생
- 작가의 대표작 : 여러 대표작 중에서 다루고 싶은 작품을 선정. 작품을 소개할 때 '작품명, 줄거리 혹은 명문장이나 글귀'를 포함할 것
- 작품 세계의 변천 과정
- 작가와의 가상 인터뷰
- 작가에 대한 다른 사람들(작가, 평론가 등)의 평가
- 작가에 대한 자신의 평가

step3. 모둠별로 작가 탐구하기

작가와 관련되는 내용들(작가 사진, 생가, 시비, 문학관, 약력, 작품 세계, 대표작 등)을 웹과 모바일을 통해 찾아보는 활동이다. (관련 자료는 '이낭희블로그 - 작가 사전 프로젝트' 참조)

step4. 모둠별로 가상 인터뷰하기

다음과 같은 순서와 방법을 참고하여 모둠별로 가상 인터뷰를 진행하는 활동이다.

① 학생들이 즐겁게 탐구할 수 있는 현대시, 현대소설 작가 목록을 제시하면 좋다. (작가 카드를 만들어 뽑기를 시도하면 더 흥미롭게 접근할 수 있다.)

② 가상 인터뷰를 진행할 작가를 선정한다.

③ 작가가 선정되었으면 인터뷰 날짜를 의논한다.

④ 오프라인에서의 인터뷰는 20분 정도가 적당하며, 카톡이나 SNS 환경에서는 5분간 모둠장이 웹상에서 전체 진행을 맡도록 유도한다.

⑤ 가상 인터뷰 결과물은 화면을 캡처하거나 한글 파일로 정리해서 교사에게 제출한다. (웹상에 학습 카페, 학습 블로그 또는 카톡방을 개설하여 온라인과 오프라인이 연동되도록 활용하면 더욱 입체적인 활동이 가능하다.)

이상 작가와의 가상 인터뷰 – 카톡

이상의 사진을 배경 이미지로 넣어 인터뷰를 연출하고 있다.

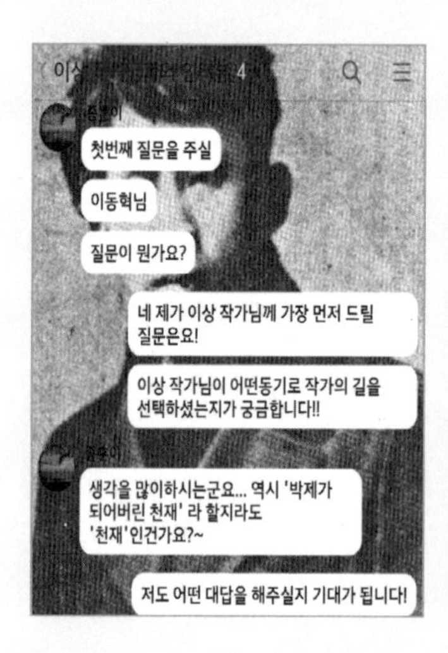

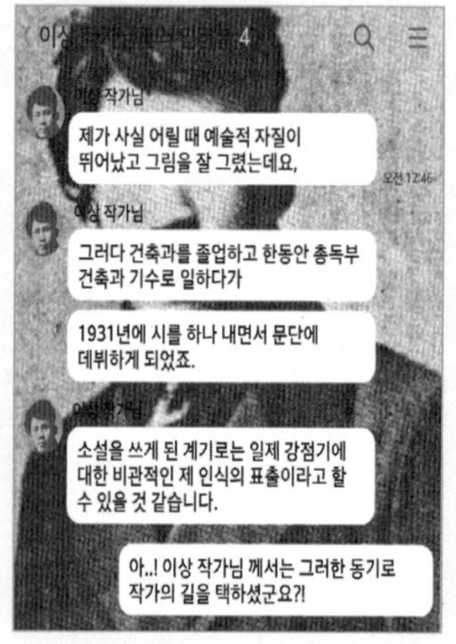

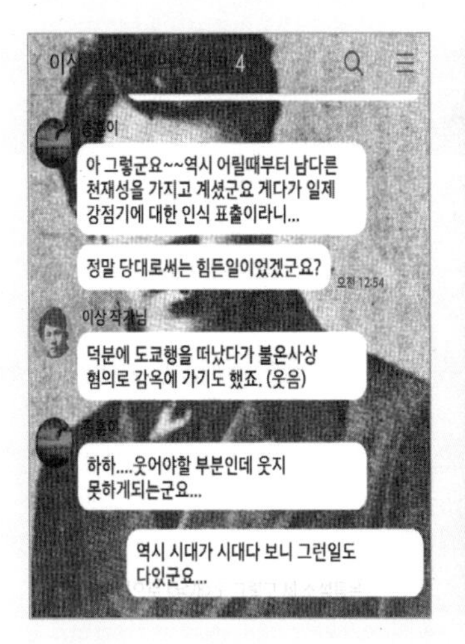

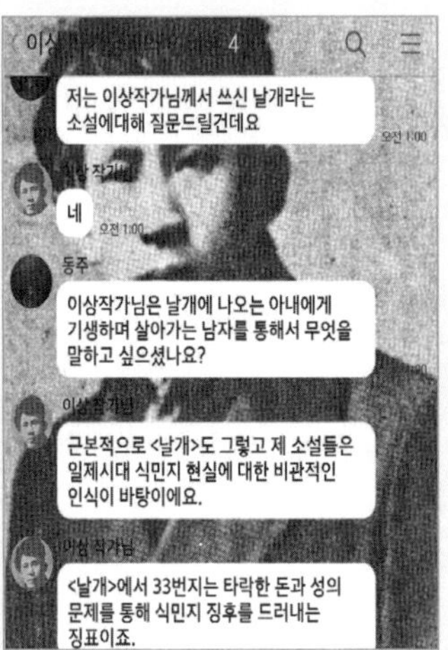

윤흥길의 〈아홉 켤레의 구두로 남은 사내〉 가상 인터뷰 – 카톡

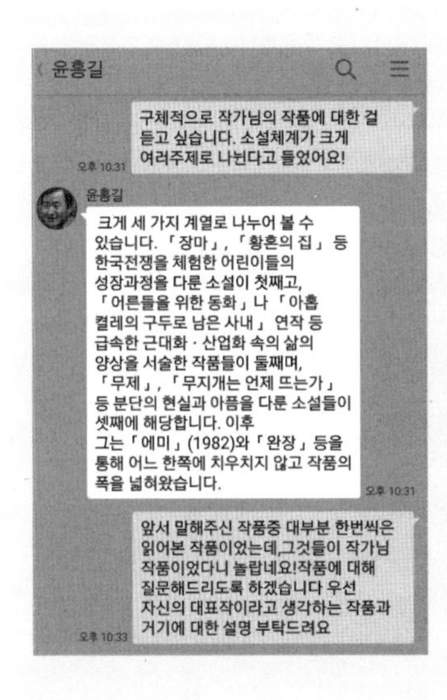

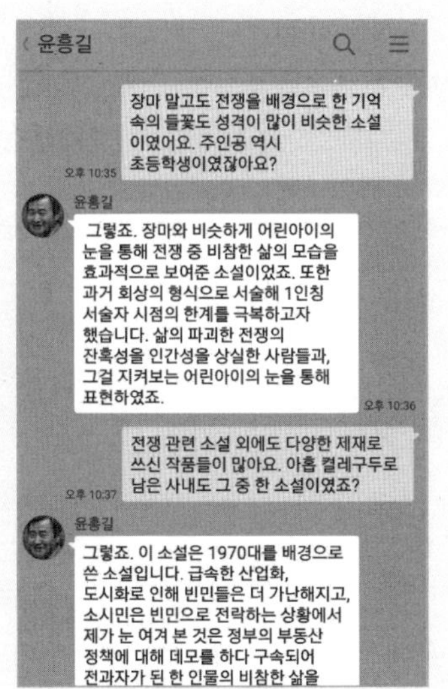

윤동주 시인 가상 인터뷰 – 페이스북

윤동주 시인이 운영하는 페이스북을 가상으로 설정하여 실시간 SNS 소통을 통해 윤동주 시인을 만나는 상황을 연출하고 있다.

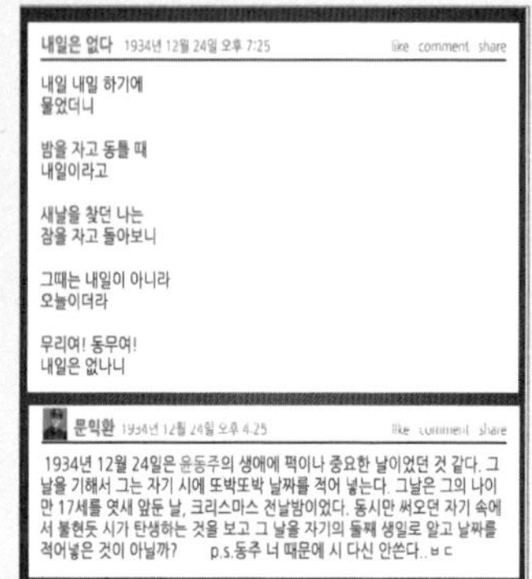

step5. 작가 탐구 프레젠테이션 발표하기

모둠별로 프레젠테이션 자료를 제작하여 5분간 발표한다. 탐구한 내용을 공유하면서 문학적인 수용의 힘을 키우는 활동이다.

최인훈 작가 발표 자료

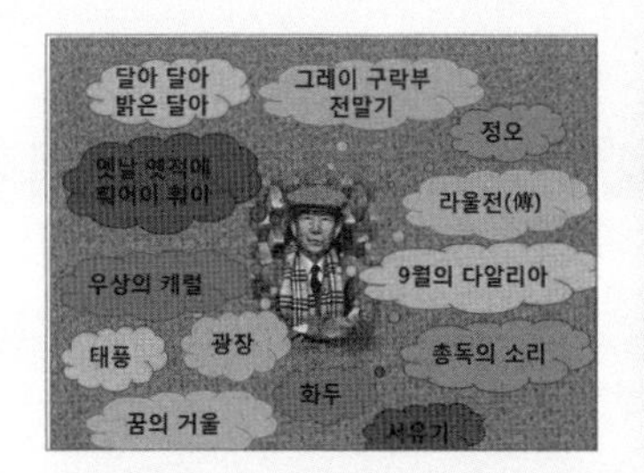
달아 달아
밝은 달아
그레이 구락부
전말기
정오
옛날 옛적에
훠어이 훠이
라울전(傳)
우상의 캐럴
9월의 다알리아
태풍
광장
총독의 소리
화두
꿈의 거울
서유기

특징 1
민족이 처한 현실을 작품 속에 투영

특징 2
시대를 살아가는 문학인으로서의 책임감
화두 1
소설가 구보씨의
一日

특징 3
국내외 문학 패러디
서유기
크리스마스 캐럴/
가면고

소설 '광장'의 실제 모티프???
그가 말해주는 광장이란?
Soldiers Of Peace
Mohan Singh
현동화 씨

step6. 작가 탐구 개별 보고서 작성하기

수업 시간을 활용하여 작가와 관련한 탐구 자료를 바탕으로 개별 보고서를 작성하여 제출한다.

보고서 작성 시 유의 사항

① 보고서 주제는 자신이 쓰고자 하는 작가 관련 보고서의 방향을 드러낼 수 있는 내용으로 한다. (예) 김만중, 보편성에서 특수성으로 조선 문학의 진보적 지평을 열다.

② 보고서 내용은 줄글로 이어서 작성하지 않고 몇 개의 내용 단락으로 구성하고 부제를 활용하여 작성한다.

작가 탐구 보고서

학번: 이름:

작가 :
주제 :
내용 :

6. 시 감상 노트 개별 프로젝트 수업

학생 스스로 수업 시간에 배운 전략을 적용하면서 자기 주도적인 감상으로 시 해설집을 만드는 활동이다. 감상의 주체로서 작품을 선정하고, 방법 툴을 활용하여 주체적인 감상자가 되는 수업이다.

수업 절차

① 교사가 제공하는 양식을 활용하거나 학생 스스로 만든 양식을 활용한다.

② 대상에 맞게 작품 목록을 안내하고 작품을 자유롭게 선택하도록 한다.

③ 주기적으로 작품을 감상하면서 시 노트를 만들 수 있도록 안내한다.

step1. 시 감상 노트 만드는 방법 안내하기

교사가 제공하는 양식을 사용하거나, 학생 스스로 자신에게 맞는 양식을 만들 수도 있다. 주제별로 1~2편 정도 감상한다.

현대시 소재 · 주제별 분류

소재·주제	작품(작가)
자연	산도화(박목월)/ 청노루(박목월)/ 묵화(김종삼)/ 해(박두진)
겨울	겨울바다(김남조)/ 성탄제(김종길)
가을	가을의 기도(김현승)/ 가을에(정한모)
강	우리가 물이 되어(강은교)/ 저문 강에 삽을 씻고(정희성)/ 울음이 타는 가을 강(박재삼)
산	산(김광섭)/ 산(김소월)/ 교목(이육사)
새	성북동 비둘기(김광섭)/ 새(박남수)/ 나비의 여행(정한모)/ 새(김지하)

눈	우리가 눈발이라면(안도현)/ 눈(김수영)/ 설야(김광균)/ 눈길(고은)/ 설일(김남조)/ 바다가 보이는 교실 - 첫눈(정일근)
꽃	꽃(김춘수)/ 꽃(이육사)/ 낙화(조지훈)/ 낙화(이형기)/ 오랑캐꽃(이용악)
폭포	폭포(김수영)/ 폭포(이형기)
님	님의 침묵(한용운)/ 당신을 보았습니다(한용운)/ 저녁에(김광섭)/ 너를 기다리는 동안(황지우)
마음	내 마음은(김동명)/ 끝없는 강물이 흐르네(김영랑)/ 호수(정지용)
고향	고향(백석)/ 여승(백석)/ 향수(정지용)/ 사향(김승옥)
죽음	하관(박목월)/ 유리창(정지용)/ 은수저(김광균)/ 눈물(김현승)/ 옥수수밭에 당신을 묻고(도종환)
그림	달 포도 잎사귀(장만영)/ 피아노(전봉건)/ 추일서정(김광균)/ 와사등(김광균)
저녁 풍경	데생(김광균)/ 외인촌(김광균)/ 아직은 촛불을 켤 때가 아닙니다(신석정)
가난	낡은 집(이용악)/ 가난한 사랑 노래(신경림)/ 흥부 부부상(박재삼)/ 무등을 보며(서정주)/ 연탄 한 장(안도현)
추억	엄마 걱정(기형도)/ 추억에서(박재삼)/ 낙타(이한직)
삶	해바라기의 비명(함형수)/ 귀천(천상병)/ 흔들리며 피는 꽃(도종환)/ 풀(김수영)/ 벼(이성부)/ 농무(신경림)/ 사평역에서(곽재구)
나를 찾아서	거울(이상)/ 생명의 서(유치환)/ 일월(유치환)/ 자화상(서정주)/ 쉽게 씌어진 시(윤동주)/ 참회록(윤동주)/ 정념의 기(김남조)/ 겨울바다(김남조)
본질 찾기	꽃을 위한 서시(김춘수)/ 오렌지(신동집)
사랑과 이별	귀촉도(서정주)/ 신부(서정주)/ 즐거운 편지(황동규)/ 이별가(박목월)
그날을 기다림	그날이 오면(심훈)/ 꽃덤불(신석정)/ 어서 너는 오너라(박두진)
그리움	한 그리움이 다른 그리움에게(정희성)/ 모란이 피기까지는(김영랑)/ 산에 언덕에(신동엽)/ 행복(유치환)/ 가는 길(김소월)/ 초혼(김소월)
동경과 좌절	깃발(유치환)/ 바위(유치환)/ 바다와 나비(김기림)/ 추천사(서정주)
현실 비판	빼앗긴 들에도 봄은 오는가(이상화)/ 독을 차고(김영랑)/ 바라건대는 우리에게 보습 대일 땅이 있었더면(김소월)/ 절정(이육사)/ 타는 목마름으로(김지하)/ 껍데기는 가라(신동엽)/ 새들도 세상을 뜨는구나(황지우)

* 감상 수준을 고려해서 초급, 중급, 고급으로 제시하면 효과적입니다.

시 감상 노트 양식

시 (필사하거나 출력해서 붙이기)

1. 제목 보고 상상하기

(마인드맵으로)

2. 시어 그물 잡기

3. 시적 화자 만나기

· 화자는 누구인가?

· 화자는 어디에 있나?

· 화자는 무엇을 하고 있나?

(무엇을 하고 싶어 하나?)

· 왜 그렇게 하고 있나?

· 시적 화자의 태도는?

4. 시 속의 밑그림 그리기

(화자를 중심으로)

5. 이 순간 나의 느낌

(년 월 일, 현재 시간 :)

6. 정리 (인터넷 자료 검색)

광야

-이육사-

까마득한 날에
하늘이 처음 열리고
어디 닭 우는 소리 들렸으랴.

모든 산맥들이
바다를 연모해 휘달릴 때에도
차마 이 곳을 범하던 못하였으리라.

끊임없는 광음을
부지런한 계절이 피어선 지고
큰 강물이 비로소 길을 열었다.

지금 눈 내리고
매화 향기 홀로 아득하니
내 여기 가난한 노래의 씨를 뿌려라.

다시 천고의 뒤에
백마 타고 오는 초인이 있어
이 광야에서 목놓아 부르게 하리라.

1. 제목 보고 상상하기

'광야' - 광활한 벌판 - 삭막하다 - 외로움
- 쓸쓸함 - 적막감 - 막연함

2. 시어 키워드 잡기(밑줄)

3. 시적 화자 만나기

·누구 -
·어디 - 광야
·
·태도 - 자기 희생적으로 미래를 위해 노력하겠다는 의지

4. 이미지

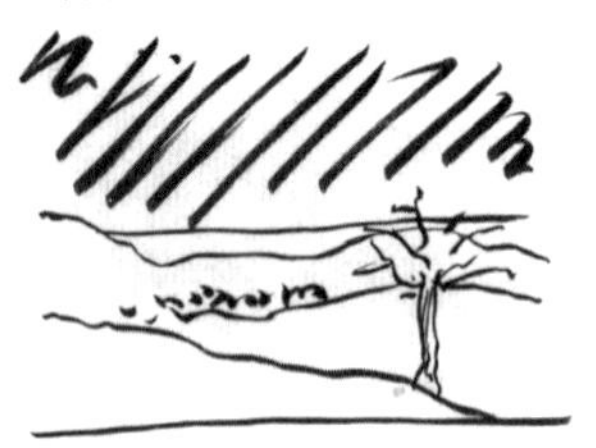

5. 지금 이 순간 나의 느낌

-2003. 7. 27. 일-

-지금은 비록 제 나라를 잃은 슬픔을 느끼는건 아니지만 시적화자의 모습에서 보이는 의지가 나에게 희망적으로 느껴진다.

6. 정리

- 갈래 : 서정시, 자유시
- 성격 : 의지적, 저항적
- 어조 : 웅장하고 강건한 남성적 어조
- 구성 : 시간적 순서(과거-현재-미래)에 따라 시상 전개
- 제재 : 우리 민족의 역사
- 표현 : 과거에서 현재, 미래로 시상을 전개하고 있다.
  '눈(고난)', '매화향기(극복의지)' 등의 상징적 시어를 구사.
  웅장한 상상력, 의지적 어조 등을 통해 강렬한 인상을 줌.
  의인법을 통해 역동적인 이미지를 형상화.
- 주제 : 조국 광복에의 신념과 의지, 꿈을 실현하려는 결연한 의지

귀촉도

-서정주-

눈물 아롱아롱
피리 불고 가신 님의 밟으신 길은
진달래 꽃비 오는 서역 삼만리.
흰 옷깃 여며 가옵신 님의
다시 오진 못하는 파촉 삼만리.

신이나 삼아 줄 걸 슬픈사연의
올올이 아로새긴 육날 메투리
은장도 푸른 날로 이냥 베어서
부질없는 이 머리털 엮어 드릴걸.

초롱에 불빛, 지친 밤하늘
굽이굽이 은하ㅅ물 목이 젖은 새,
차마 아니 솟는 가락 눈이 감겨서
제 피에 취한 새가 귀촉도 운다.
그대 하늘 끝 호올로 가신 님아.

1. 제목 보고 상상하기

'귀촉도': 두견새, 전설, 두견화⇒진달래
- 소쩍새 - 쓸쓸함

2. 시어 키워드잡기(밑줄)

3. 시적화자만나기

- 누구 - 여인
- 무엇 - 울고 있다.
- 왜 - 사랑하는 임이 떠나서
- 태도 - 임과 이별에 대한 슬픔.

4. 이미지

5. 지금이순간 나의 느낌

'2003, 7, 29. 화'
- 시적화자의 표현에서 여인의 임에대한 사랑이 느껴진다.
언젠간 나도 사랑을 하게되고 이별을 겪게 된다면
이 시에서 노래한것 처럼 슬플 것이다.

6. 정리

- 갈래: 자유시
- 성격: 비극적, 애상적, 회한적, 여성적, 감상적, 전통적 경향
- 제재: 귀촉도
- 시상의 전개
- 1연: 임과의 사별
- 2연: 시적 화자의 회한과 슬픔
- 3연: 임을 향한 애절한 그리움과 슬픔
- 주제: 사별의 정한(임을 잃은 여인의 정한)

설야

김 광 균

어느 머언 곳의 그리운 소식이기에
이 한밤 소리 없이 흩날리느뇨.

처마 밑에 호롱불 야위어 가며
서글픈 옛 자취인 양 흰 눈이 내려

하이얀 입김 절로 가슴이 메어
마음 허공에 등불을 켜고
내 홀로 밤 깊어 뜰에 내리면

머언 곳에 여인의 옷 벗는 소리.

희미한 눈발
이는 어느 잃어진 추억의 조각이기에
싸늘한 추회(追悔) 이리 가쁘게 설레이느뇨.

한 줄기 빛도 향기도 없이
호올로 차단한 의상을 하고
흰 눈은 내려 내려서 쌓여
내 슬픔 그 위에 고이 서리다.

주제: 눈 오는 밤의 정경과 그리움
출전: 시집 [와사등](1939)

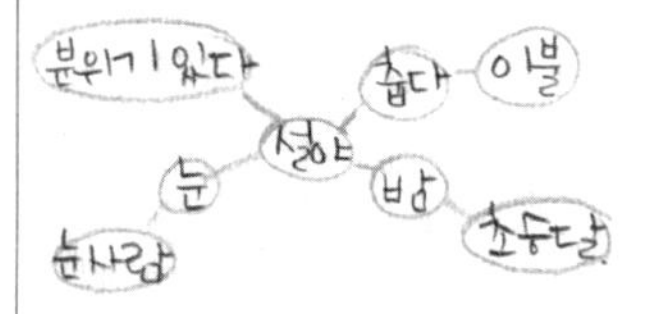

*시적화자
누구? 옛날을 그리워하는 중년
어디? 눈 내리고 호롱불이 보이는 곳
무엇? 눈을 보며 옛날을 그리고 있다
왜? 눈을 보니 떠올라서
삶의 태도
"옛날이 그립다..."

느낌*
지금은 여름이지만 눈이 보고 싶다.
눈은 사람으로 하여금 많은 생각을 하게 만드는 것 같다.

7. 소설 감상 노트 개별 프로젝트 수업

학생 스스로 수업 시간 배운 전략을 적용하면서 자기 주도적인 감상으로 해설집을 만드는 개별 프로젝트 활동이다. 감상의 주체로서 작품을 선정하고, 방법 툴을 활용하여 주체적인 감상자가 되는 수업이다.

수업 절차

① 교사가 제공하는 양식을 활용하거나 학생 스스로 만든 양식을 활용한다.

② 대상에 맞게 동일 주제별 작품 목록을 안내하고 작품을 자유롭게 선택하도록 한다.

③ 주기적으로 작품을 감상하면서 소설 노트를 만들도록 안내한다.

step2. 소설 감상 노트 만드는 방법 안내하기

교사가 만든 양식을 사용하거나, 학생 스스로 자신에 맞는 양식을 만들 수도 있다. 주제별로 일주일에 1~2편 정도 감상한다.

현대소설 주제별 분류

주제	작품(작가)
청소년의 사랑	별(황순원)/ 젊은 느티나무(강신재)
중년의 사랑	B사감과 러브레터(현진건)/ 메밀꽃 필 무렵(이효석)/ 사랑손님과 어머니(주요섭)
보이지 않는 폭력	우상의 눈물(전상국)/ 우리들의 일그러진 영웅(이문열)
운명적인 삶	바위(김동리)/ 역마(김동리)/ 배따라기(김동인)/ 태형(김동인)/ 까치 소리(김동인)

운명에 저항	탈출기(최서해)/ 홍염(최서해)
눈길 위에 내린 사연	눈길(이청준)/ 화수분(전영택)/ 유예(오상원)
전쟁의 아픔	광장(최인훈)/ 수난 이대(하근찬)/ 학(황순원)/ 장마(윤흥길)/ 나목(박완서)
서민들의 삶	고향(현진건)/ 논 이야기(채만식)/ 사하촌(김정한)/ 모래톱 이야기(김정한)
삐뚤어진 삶	태평천하(채만식)/ 치숙(채만식)/ 꺼삐딴 리(전광용)
뿌리 뽑힌 삶	술 권하는 사회(현진건)/ 두 파산(염상섭)/ 운수 좋은 날(현진건)
산업화, 도시화, 소외	서울, 1964년 겨울(김승옥)/ 무진기행(김승옥)/ 객지(황석영)/ 삼포 가는 길(황석영)/ 난장이가 쏘아올린 작은 공(조세희)/ 옥상의 민들레꽃(박완서)/ 아홉 켤레의 구두로 남은 사내(윤흥길)/ 관촌수필(이문구)
나를 찾아서	날개(이상)/ 무진기행(김승옥)
장인 정신	독 짓는 늙은이(황순원)/ 줄(이청준)/ 매잡이(이청준)
민족, 생명	수라도(김정한)/ 목넘이 마을의 개(황순원)
가난	빈처(현진건)/ 감자(김동인)/ 운수 좋은 날(현진건)
피폐한 현실	만무방(김유정)/ 금 따는 콩밭(김유정)/ 만세전(염상섭)/ 고향(현진건)
세태 스케치	천변풍경(박태원)/ 소설가 구보씨의 일일(박태원)
전후 고통 받는 삶	비 오는 날(손창섭)/ 오발탄(이범선)
욕망 추구	광화사(감동인)/ 김약국의 딸들(박경리)/ 복덕방(이태준)
한, 구원	선학동 나그네(이청준)/ 등신불(김동리)
분단, 이데올로기	어둠의 혼(김원일)/ 그 여자네 집(박완서)/ 엄마의 말뚝(박완서)/ 철쭉제(문순태)
농촌, 농민, 계몽	상록수(심훈)/ 무정(이광수)/ 흙(이광수)/ 제1과 제1장(이무영)
성장	자전거 도둑(김소진)/ 중국인 거리(오정희)/ 19세(이순원)

* 감상 수준을 고려해서 초급, 중급, 고급으로 제시하면 효과적입니다.

소설 감상 노트 양식

1. 제목 보고 상상하기

2. 인물 만나기

· 중심인물은 누구인가요?

· 중심인물의 갈등은 무엇인가요?

· 어떻게 갈등을 해결하나요?

· 인물의 삶에 대해 평가하면? (비판)

· 서술자가 인물을 바라보는 태도는?

3. 서사 줄기 잡기

4. 인물맵 그리기

5. 인상적인 장면 스케치

6. 이 순간 나의 느낌

(년 월 일, 현재 시간 :)

7. 정리 (인터넷 자료 검색)

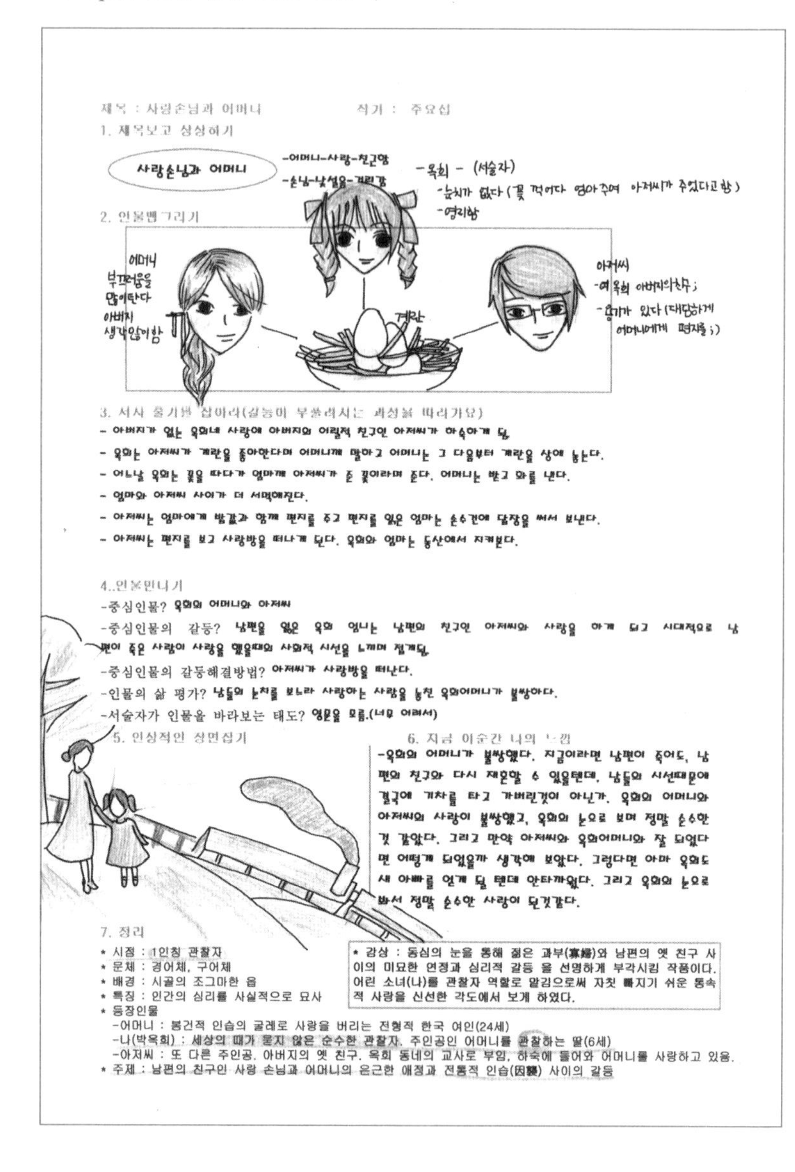
제목 : 사랑손님과 어머니 작가 : 주요섭

1. 제목보고 상상하기

사랑손님과 어머니

-어머니-사랑-친근함

-손님-낯설음-거리감

-옥희 - (서술자)

-눈치가 없다 (꽃 꺽어다 엄마 주며 아저씨가 주었다고 함)

-영리함

2. 인물맵그리기

어머니
부끄러움을
많이탄다
아버지
생각많이함

계란

아저씨
-예 옥희 아버지의친구;
-용기가 있다 (대담하게
어머니에게 편지를;)

3. 서사 줄기를 잡아라(갈등이 부풀려지는 과정을 따라가요)

- 아버지가 없는 옥희네 사랑에 아버지의 어릴적 친구인 아저씨가 하숙하게 됨.
- 옥희는 아저씨가 계란을 좋아한다며 어머니께 말하고 어머니는 그 다음부터 계란을 상에 놓는다.
- 어느날 옥희는 꽃을 따다가 엄마께 아저씨가 준 꽃이라며 준다. 어머니는 받고 화를 낸다.
- 엄마와 아저씨 사이가 더 서먹해진다.
- 아저씨는 엄마에게 밥값과 함께 편지를 주고 편지를 읽은 엄마는 손수건에 답장을 써서 보낸다.
- 아저씨는 편지를 보고 사랑방을 떠나게 된다. 옥희와 엄마는 동산에서 지켜본다.

4..인물만나기

-중심인물? 옥희의 어머니와 아저씨

-중심인물의 갈등? 남편을 잃은 옥희 엄니는 남편의 친구인 아저씨와 사랑을 하게 되고 시대적으로 남편이 죽은 사람이 사랑을 했을때의 사회적 시선을 느끼며 접게됨.

-중심인물의 갈등해결방법? 아저씨가 사랑방을 떠난다.

-인물의 삶 평가? 남들의 눈치를 보느라 사랑하는 사람을 놓친 옥희어머니가 불쌍하다.

-서술자가 인물을 바라보는 태도? 영문을 모름.(너무 어려서)

5. 인상적인 장면잡기

6. 지금 이순간 나의 느낌

-옥희의 어머니가 불쌍했다. 지금이라면 남편이 죽어도, 남편의 친구와 다시 재혼할 수 있을텐데, 남들의 시선때문에 결국에 기차를 타고 가버린것이 아닌가. 옥희의 어머니와 아저씨의 사랑이 불쌍했고, 옥희의 눈으로 보며 정말 순수한 것 같았다. 그리고 만약 아저씨와 옥희어머니와 잘 되었다면 어떻게 되었을까 생각해 보았다. 그렇다면 아마 옥희도 새 아빠를 얻게 될 텐데 안타까웠다. 그리고 옥희의 눈으로 봐서 정말 순수한 사랑이 된것같다.

7. 정리

* 시점 : 1인칭 관찰자
* 문체 : 경어체, 구어체
* 배경 : 시골의 조그마한 읍
* 특징 : 인간의 심리를 사실적으로 묘사
* 등장인물
  -어머니 : 봉건적 인습의 굴레로 사랑을 버리는 전형적 한국 여인(24세)
  -나(박옥희) : 세상의 때가 묻지 않은 순수한 관찰자. 주인공인 어머니를 관찰하는 딸(6세)
  -아저씨 : 또 다른 주인공. 아버지의 옛 친구. 옥희 동네의 교사로 부임, 하숙에 들어와 어머니를 사랑하고 있음.
* 주제 : 남편의 친구인 사랑 손님과 어머니의 은근한 애정과 전통적 인습(因襲) 사이의 갈등

* 감상 : 동심의 눈을 통해 젊은 과부(寡婦)와 남편의 옛 친구 사이의 미묘한 연정과 심리적 갈등 을 선명하게 부각시킨 작품이다. 어린 소녀(나)를 관찰자 역할로 맡김으로써 자칫 빠지기 쉬운 통속적 사랑을 신선한 각도에서 보게 하였다.

물레방아

-나도향 1925-

1. 제목보고 상상하기

'물레방아' - 은밀함 - 남·녀의 사랑 - 불륜 -

2. 인물 맵 그리기

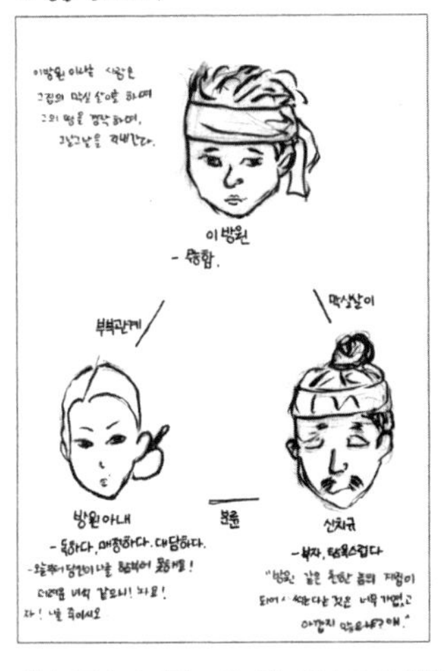

인물은 표정이 드러나도록 그리고, 인물 아래에 그렇게 성격을 이해한 근거(대화, 행동묘사)를 찾아서 쓴다.

3. 서사 줄거리를 잡아라

-신치규와 방원의 아내가 물레방앗간에서 ...

-신치규가 방원을 쫓아내려고 함.

-방원이 신치규와 아내가 방앗간에서 나오는 것을 봄.

-방원이 신치규를 때려서 결국 옥생활을 함.

-방원이 풀려난 후 아내에게 찾아감.

-아내를 죽인 후 자신도 자살

4. 인물 만나기

-중심인물은 누구인가요.

-중심인물의 갈등은 무엇인가요.

-중심인물은 어떻게 갈등을 해결하는 있는가

-인물의 삶에 대해 어떻게 평가하면?(비판)

-서술자가 인물을 바라보는 태도는 어떠한 가요?

-방원

-방원의 아내가 돈 많은 신치규의 첩이 되려는 상황

-처음엔 신치규를 죽이려하고, 나중엔 부인을 죽이되, 자살

-방원은 부인을 사랑하는 마음이 있지만 아내의 허영심이 방원을 열등감·외행적 자학을 통해 인간 본성의 현실성

5. 인상적인 장면 잡기

6. 지금 이 순간 나의 느낌

2003, 7, 5

'진실한 사랑은 하찮은 죽음보다 이겨울것 같아'

7. 정리

*갈래 : 단편소설, 사실주의 소설

*배경 : 시간 - 일제 치하

공간 - 농촌

*경향 : 사실주의

*시점 : 3인칭 전지적 작가 시점

*'물레방아'의 상징성 - 1. 인생의 덧없음(운명의 수레)

2. 성적 충동 (에로티시즘)

*주제 : 본능적인 육욕과 물질적 탐욕이 빚어낸 인간성의 타락

≪뫼비우스의 띠≫ -조세희

1. 제목보고 상상하기

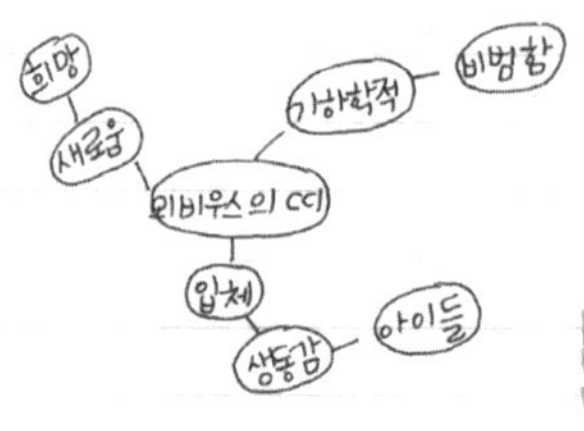

2. 인물맵

*수학교사 - 진실하고, 진보적인 인물, 학생들에게 세상을 바로 사는 방법을 가르치려 함

*앉은뱅이 - 철거민, 부동산업자에게 돈을 돌려 받고자함

*꼽추 - 철거민, 의지가 약함, 결과를 중요시 함

3. 서사줄기를 잡아라!

1) 교실에 들어온 수학 교사는 안과 겉을 구별할 수 없는 뫼비우스의 띠를 상기시키면서, 앉은뱅이와 꼽추의 이야기를 한다.

2) 교사는 학생들에게 내부와 외부를 구분할 수 없는 뫼비우스의 띠에 많은 진리가 숨어 있다고 말하며, 교실을 나간다.

4. 인물 만나기

①중심인물? 앉은뱅이, 꼽추

②갈등? 가진자와 없는자의 대립

③주인공 삶에대한 평가? 연약하고 소외된 두 인물의 삶을통해 우리 사회의 왜곡된 면을 볼 수 있었다.

④주제? 도시 변두리 빈민층의 비참한 삶

5. 인상적인 장면 잡기

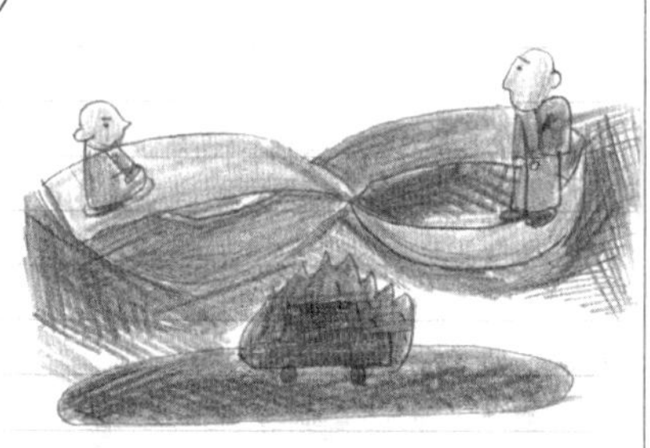

6. 지금 이순간 나의 느낌

나는 가끔씩 지금의 내 처지를 비관하곤 한다.
'왜 나는 부잣집에 태어나지 못한거야…'
하지만 지나고 생각해보면, 그때마다 난 가장 중요한 사실을 잊었던것 같다.
우리 가족에겐 남들보다 편안한 미소와 화목이 있다는걸…
자신 앞에 놓여진 상황을 최대한 긍정적으로 생각했을때…
기존에 있던 불행과 고민이 마음 속에서 작은 등불로 자리한다는걸…

7. 정리

- 갈래 : 단편소설, 연작소설, 사실주의 소설, 액자소설
- 배경 : 시간적 - 1970년대 / 공간적 - 도시 외곽에 있는 철거민 촌
- 시점 : 외부 - 작가 관찰자 시점 / 내부 - 전지적 작가 시점

《서울, 1964년 겨울》 - 김승옥

1. 제목보고 상상하기

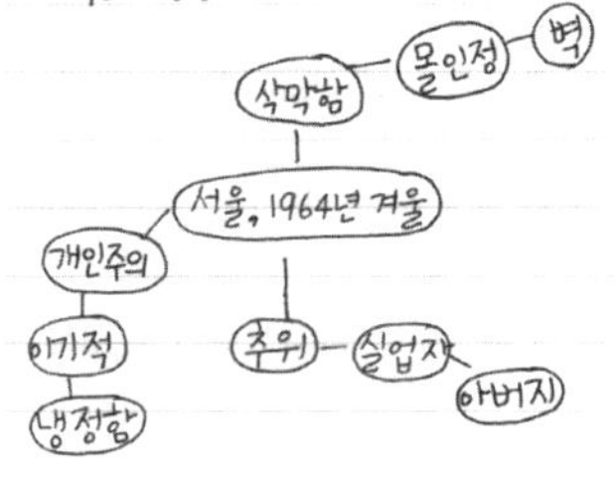

2. 인물맵

*(나) - 육사시험에 실패하고 구청병사계에서 근무하는 스물다섯살의 시골 출신 사내. 외판원 사내와 안의 중간적 존재로, 확실한 주관이 없다. 소외감과 고독감을 안고 살아가는 인물.

*(안) - '나'와 동갑내기로, 부잣집 장남이며 대학원생이다. 개인주의에 찌든 사람이고, 삶을 비판하면서도 자기구원을 시도하는 인물.

*(사내) - 서른 다섯살쯤의 가난한 서적 외판원, 도시인의 소외와 고독을 대표하는 인물.

3. 서사줄기를 잡아라!

1) '나'는 포장마차에서 '안'과 사내를 만난다.
2) 중국집에서 사내는 병들어 죽은 아내의 시체를 팔아서 받은 돈을 오늘밤 다 써버리고 싶다고 말한다.
3) 양품점에서 넥타이를 하나씩 사고 불을 구경하러 간다.
4) 사내는 불이 한참 타들어갈 때 돈을 불속으로 던진다.
5) 통금시간이 되어 셋은 어느 여관에 들어가고, 한방에 같이 있자는 사내의 요구를 거절한다.
6) 다음날 아침, 사내는 자살한 상태이고, '안'과 '나'는 여관을 빠져 나온다.

4. 인물만나기

① 중심인물은? 나, 안, 사내
② 갈등은? 사회적 연대감·공동체성을 상실하고 외로워함
③ 주인공의 삶에 대한 평가? 너무 나약하지 않았나 싶다. 개인만 생각하는 모습이 안타까웠을 뿐이다.
④ 주제? 사회적 연대감을 상실한 채 개별화된 현대인의 삶

5. 인상적인 장면 잡기

6. 지금 이순간 나의 느낌

지금, 우리에게 필요한 것은 그 어떤 것도 아닌 바로 "사람" 입니다. 라는 문구가 다시금 생각난다. 자기만 생각할 줄 알지, 주위사람을 향한 눈은 감은 채로 살아가는 우리 모습을 가슴깊이 반성해야 하지는 않은지…

morning glory

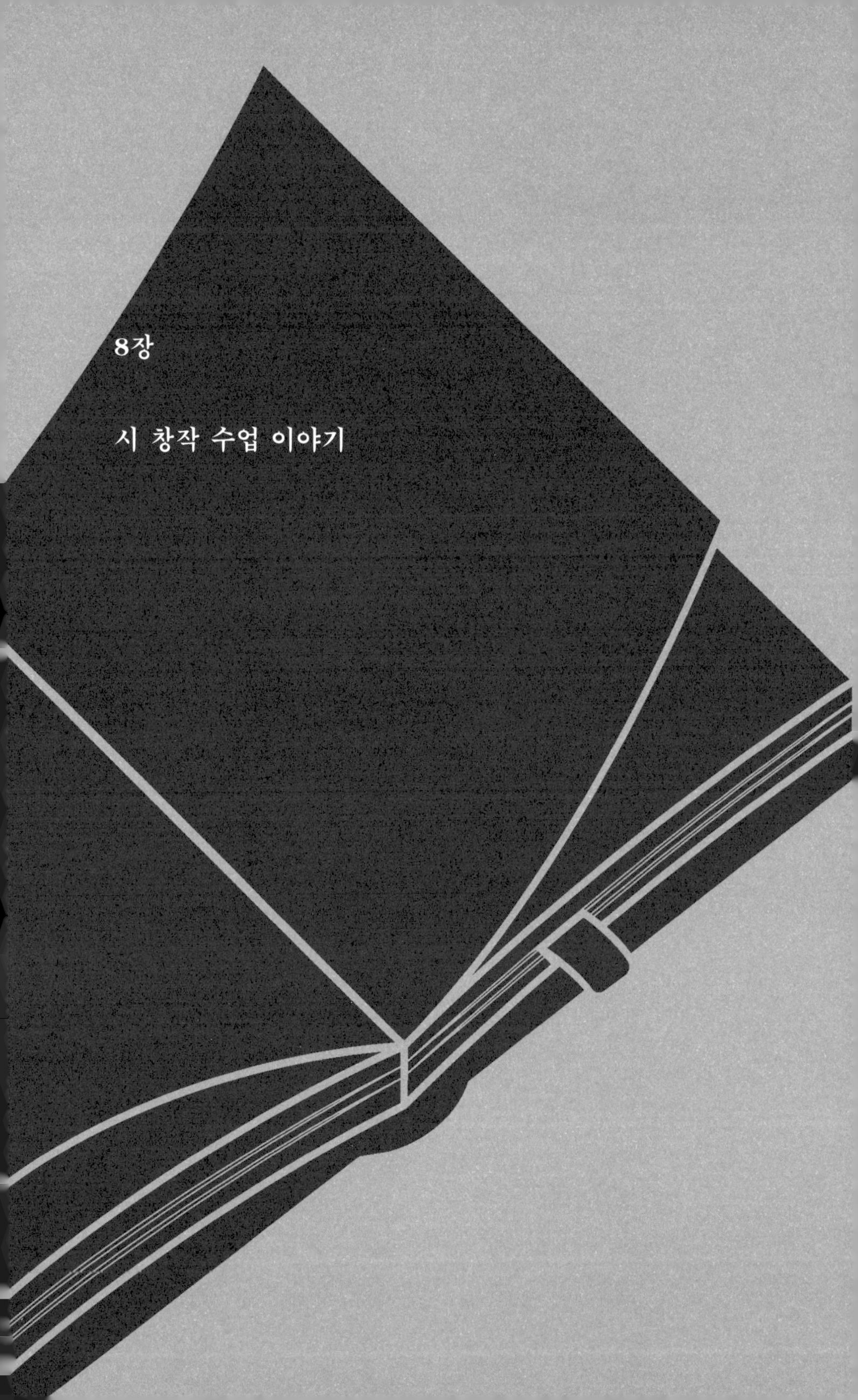

8장

시 창작 수업 이야기

1. 시 치료 기법을 접목한 감수성 교육

학교 현장의 교사들은 체감하는 것이지만, 해마다 한 학급 안에서도 학생들 간의 성장 속도가 점점 큰 격차를 보이고 있다. 기성세대가 지닌 경제적·문화적 격차에서 파생되는 갈등들이 그대로 노출되면서 요즘 청소년들은 복잡하고 억눌린 감정의 공황상태가 많아졌다는 점도 눈여겨보아야 하는 대목이다. 물질적인 격차가 가시적인 것이라면 정신적인 성장 격차는 감추어진 채로 잠복해 있다. 이러한 현상은 이 시대 '문학 교육'이 청소년들에게 어떤 삶의 울타리가 되어야 하는지에 대한 의미 있는 메시지를 주기에 충분하다.

교실 밖의 가치 충돌과 격차가 교실 안으로 그대로 이동하면서 학생들은 내적인 욕구와 좌절로 인한 갈등을 경험하게 된다. 이러한 갈등이 유연해질 수 있도록 이끌어주는 데 문학 교육의 전략을 연계하는 것은 효과적인 접근이 될 수 있다. 최근 우리 사회의 교육적인 화두가 되고 있는 '창의적 인재'의 저변을 움직이는 핵심은 바로 감성이다. 실제 학교 현장에서 감성 교육, 문화예술 교육이 새롭게 조명받고 있다. 이러한 교육 변인은 교실 안 문학 교육과 교실 밖 문학적인 인프라가 어떻게 접점을 마련해야 할 것인지에 대한 방향타를 모색하는 데 매우 중요한 요소가 될 것이다.

오랫동안 학생들과 문학 감상 및 창작 수업을 열어가면서 청소년기에 만나는 한 편의 시, 한 편의 소설이 성장을 자극하고 마음을 치유하는 힘을 가졌다는 진실을 깨닫게 되었다. 학생들과 함께 울고 웃으면서 문학 선생님의 길을 오롯이 걷다 보니 '문학 사랑'이 깊고 넓어졌고, 문학작품에 말 걸기, 문학을 통한 학생들의 삶에 말 걸기가 일상처럼 자연스러운 일이 되었다.

아버지가 흔들립니다 (학생 시)

아버지는 열 시가 되면 학교에 오십니다.
우리 차는 아니지만 회사 1톤 트럭
처음에는 부끄럽고 창피했는데
교통 어중간하고 밤길 험하다며
말하지 않아도 도착해 있습니다.

오늘은 열 시가 되어도
트럭이 없습니다.

휴대폰으로 연락했더니
아버지는 교문 옆에서
떨리는 손을 흔들어 보입니다.

아버지가 술을 한잔했습니다.
오직 자식 둘만 바라보는 아버지가
독한 술을 한잔했습니다.

누구와 마셨나 했더니
"마음이 괴로워 혼자 묵다."
아버지 눈은
구슬피 달빛을 흘립니다.

교사 공감 감성편지 - 아버지와 아들이 나눈 삶의 향기

습작시 〈아버지가 흔들립니다〉를 보았습니다.

님이 흘리고 간 발자국을 조용히 따라가다가, 저도 모르게 눈시울을 붉혔습니다. 그러나 그 눈물이 어떻게 저만의 것일 수 있을까요. 늘 1톤 트럭을 교문 앞에 세우고 아들을 기다리시는 아버지. 그 아버지가 오늘은 맨몸으로 기다리고 계십니다. 술에 취한 아버지 눈에서도 아버지를 부축하고 있는 님의 눈에서도 구슬 같은 눈물이 흐릅니다. 그래도 흔들리는 아버지가 외롭지 않으신 것은, 아버지를 위해 어깨를 내어드릴 수 있는 님의 따뜻한 가슴이 있기 때문입니다.

아버지와 님이 만들어가는 삶의 향기가 눈물겹습니다. 너무도 진실한 고백! 오랜만에 흘려보았군요, 눈물을.

문학 교사로서 내가 시도한 창작 교육은 '감상 교육 전략과 시 치료 기법'을 접목한 '감수성 창작 교육'이다. 논리적인 언어에 익숙해진 학생들의 언어와 가슴을 어루만지는 감성·감수성 교육을 극대화한 것이다. 내면적인 감성을 튼튼하게 하기 위한 배설을 유도하고, 지지하고 격려하고 그 속에서 언어적인 훈련을 병행하는 창작 교육의 새로운 가능성을 열어본 것이다. 한 편의 시를 통해 다가오는 학생들의 내면을 들여다보고, 그들의 입장에서 고백을 들어주는 일을 충실하게 하고자 했다. 마치 시로 쓰는 일기처럼 기쁨과 슬픔에 대해, 때론 눈물과 상처에 대해 고백하고 있는 그들, 자신의 속마음을 들어줄 누군가가 필요한 그들에게 문학 교사로서의 감성적인 공감으로 다가선 것이다. 학생들이 '시에 말 걸기'에서 시작한 그들의 '삶에 말 걸기'는 사이버 공간에서 이루어졌지만 교사와 학생의 마음과 마음이 만나는 뜰이 되기에 충분했다.

문학적 의사소통의 힘은 어디에서 비롯되는 것일까, 어떻게 하면 그 힘이 커질 수 있을까를 고민하면서 얻어낸 답이 '사물과 소통하기', '삶과 소통하기'였다. 지금 눈앞에 동행하는 '너'를 새롭게 만나는 눈과 가슴이 있는 한, 시도 시의 그림자 속에 모습을 감추고 있는 학생의 삶도 향기로워질 테니까. 눈앞에 만나는 그 모든 것을 향한 소박한 애정으로부터 창작의 힘은 꽃피울 것이기 때문이다.

학생들이 보다 진실하게 습작시를 쓸 수 있도록 유도하고, 그 과정을 통해 자신의 삶에 내면화하는 성찰의 시간을 확보해 주었다. 정신적인 상처를 적극적인 배설을 통해 치유할 수 있는 창작 환경을 제공해 주고자 한 것이다.

2000년부터 2015년까지 청소년을 위한 '문학 감상·창작 교육 사이트(www..nanghee.com)'를 운영했다. 감상 교육과 창작 교육을 연계하여 운영하다 보니 전국의 많은 학생이 사이트에 시를 올렸고, 청소년들의 감성이 녹아든 시편들이 공유되었다. 학생들의 시와 그 시들에 띄운 나의 감성편지는 한 권의 시집 (《살아 있다면 리플》)출간으로 이어졌다.

시가 좋아서 만난 학생들이 시집 출간을 계기로 온라인에 문학·문화 소통 커뮤니티인 '살리커뮤니티'를 결성했고, 스마트폰을 매개로 살리 그룹만의 공간인 밴드를 구축하고 회원 간 SNS를 기반으로 창작 역량을 공유해 갔다. 전국의 학생들이 만나 나누었던 '살리 문학의 밤'은 서로의 마음에 아름다운 추억으로 남아 있다.

2. 삶의 길을 찾는 시 창작 지도

'사이버 창작 지도 마당'에 탑재되는 학생들의 시에 달아주는 나의 감상평에 학생들은 고마움을 댓글로 전했다. 나는 오히려 그들만의 풋풋한 감성의 숲을 자유롭게 산책하는 특권을 마음껏 누렸다. 학생들은 새벽까지도 시를 징검다리 삼아 자신들의 방황과 좌절, 꿈과 사랑에 대한 고백을 나누기 시작했다.

(1) 평가자의 눈을 접고 공감할 수 있어야 한다

교사 공감 감성편지 - 맑고 고운 소리를 회복하기를

습작시 〈수술실〉을 보았습니다. 며칠 동안 ○○가 없는 학교는 왠지 텅 비고, 복도를 걸어도 반기며 어디선가 뛰어오는 친구가 없어서 외로웠지요. 그런 지혜가 머문 곳은 바로 수술실. 차갑고 서늘한 수술실이 낯설고 무서웠던가 봅니다.

수술실은
차갑고
서늘하고
숨 막히고
냉정하다

저도 작년에 몇 달 병원 생활을 했었지요. 그때는 많이 힘들었는데, 요즘 힘든 일이 있을 때마다 그때를 생각하곤 한답니다. 그러면 지금 내가 머물고 있는 이곳, 지금 선 자리가 새삼 감사하다는 마음으로 바뀌곤 하지요.

수술이 잘되어서 우리 ○○의 귀에 더 아름답고 더 맑은 고운 소리가 찾아들었으면 좋겠어요. 서늘한 수술실의 기억일랑 어서 묻어버리게 말이지요.

교사 공감 감성편지 – 행복 찾기, 희망 찾기!

습작시 〈퍼즐 맞추기〉를 보았습니다. 오랜만이네요. 잘 지내고 있는지요?

이곳, 창작의 뜰에는 학생들의 습작시가 많습니다. 그 속에는 시의 언어에 감추어진 많은 사연이 숨어 있구요. 때때로 글줄을 따라가다가 시를 쓴 이의 젖어 있는 눈가를 발견한 적도 있지요.

희망으로만 찾아든다면 너무나 좋을 삶이련만, 기다린 듯이 삶은 적당히 축축한 습기와 눈물을 품고 웅크리고 앉아 있곤 하지요. 그래서 많은 이가 삶 속에서 행복 찾기, 희망 찾기를 목놓아 부르짖는 것인지도 모릅니다.

남겨진 자리보다 공간이 너무 많아
차마 위태롭지도 못하던
꽃 볼 일 없는 봄이 담긴
오래된 오늘의 퍼즐 맞추기

봄! 봄에 숨겨진 마음이 보입니다. 공간이 너무 큰 것은 나란 존재와 상대적인 것이겠지요. 봄의 생명력은 어디에서 오는 걸까요? 오래된 오늘이 지닌 묵은 향기도 좋지만, 새봄, 새롭게 너를 품는 즐거움을 님의 시에서 만나고 싶은 것은 왜일까요? 오늘, 지금 이 순간이 새롭게 태어나는 순간 시의 언어 또한 모습을 바꿀 테지요. 삶을 노래하는 님의 시가 더욱더 힘차게 흘러가기를!

내 생애 한가운데서 (학생 수필)

나는 불행했다.

철없던 어린 시절, 어머니와 우리 5남매는 아버지라는 기둥을 잃었다. 나는 선천적으로 병치레가 잦은 체질을 가지고 태어났으며, 특별한 재주라곤 없다. 이 세상에 아버지가 없다는 서러운 현실을 깨달았을 때쯤, 갑작스럽게 집이 빚더미에 올라앉게 되었다. 나에게 불리한 세상임이 분명했다. 우리 가족은 이제 갓 스무 살이 된 누나가 여섯 가족을 먹여 살려야 할 처지가 됐다. 가면 갈수록 가중되는 경제적 압박으로 나는 내 짧은 인생 한가운데 주저앉고 싶었다. 내 인생의 길에는 언제나 큰 돌이 놓여 있었다. 아무리 피해 가려 해도 그 돌은 번번이 내 앞을 가로막았다. 걸림돌이었다. 나는 그 돌에 걸려 넘어져서 화내며 울곤 했다. 나는 계속 울며 화내며 그렇게 걸었다.

며칠 전, 높고 청아한 하늘이 매력적인 가을의 길거리를 산책할 수 있는 좋은 기회가 생겼다. '이 길이 내가 평소 다니던 그 길이던가?' 가을의 정취에 흠뻑 젖은 탓인지 그처럼 새로워 보일 수가 없었다. 한참을 걷다가 작은 놀이터에 이르렀다. 눈이 편안해졌다. 어렸을 때 즐겨 타던 그네, 시소, 미끄럼틀. 이러한 것들이 나를 반겼기 때문이다. 나는 나도 모르는 사이 이미 놀이터 안으로 들어와서 그 익숙한 풍경들을 즐기고 있었고, 내 발밑에 무언가

놓여 있다는 사실은 알아채지 못했다. 내 발에 걸리는 무언가는 나의 무게중심이 앞으로 쏠리게 하여 나를 당황스럽게 했고, 결국 나는 앞으로 고꾸라질 뻔했다. 또 그놈의 돌이었다. 아이들 노는 곳에 이런 걸림돌이 왜 한가운데에 놓여 있을까 생각했다. 그러다가 무의식중에 발을 돌 위로 올렸다. 순간 내 머리는 둔기에 얻어맞은 것처럼 멍해져 버렸다. 돌머리에 발이 걸렸을 때 내가 '걸림돌'이라 여겼던 돌이, 내 짧은 발동작 하나에 '디딤돌'이 되어 있지 않은가.

중요한 것은 나다. 나를 전환시키는 일이 중요했던 것이다. 모든 것은 생각하기 나름이다. 그 돌은 내 길에 있었고, 앞으로도 있을 것이지만, 무엇이라 부를지는 내 몫이었던 것이다. 나는 양쪽 부모를 모두 잃은 사람이 보기에는 행복한 사람이었고, 사지 중 한 곳이라도 잃어버린 사람에게는 약하지만 흠 없는 신체를 가진 행복한 사람이었으며, 혈혈단신 의지할 곳 하나 없는 사람에게는 화목한 나의 가족이 행복의 조건이었던 것이다.

그렇다. 큰 충격이었다. 이젠 디딤돌이라고 부를 그 돌에 화내지도 울지도 않겠다. 아무도 없는 놀이터를 돌아 나올 때 문득 매혹적인 하늘에 눈을 돌렸다. 유난히도 높고 파래서 눈물이 나올 정도였다.

교사 공감 감성편지 - 18세 제자가 들려준 풋풋한 삶의 이야기

제자의 아름다운 삶의 이야기를 들었습니다. 추석 연휴로 몸도 마음도 지친 터라 무어라 잡히지 않는 삶을 생각하며 조금은 무겁게 시작한 오늘입니다. 수줍게 놓고 간 제자의 글줄을 따라가다가, 참 많이 힘들었을 날들을 이렇게 풋풋하게 품고 당당하게 걸어가는 뒷모습이 눈물겹게 아름다워 보여 저도 모르게 발걸음이 멈추었습니다. 저의 삶 속에 다가오는 크고 작은 이야기들과 나누는 소리 없는 눈맞춤에 대해 생각해 봅니다. 교무실 창 너머로 불어오는 가을바람조차 향기로운 10월의 첫날. '삶이란 홀로 꽃을 피우고 지는 일을 소리 없이 침묵하며 해내는 것'이라며 제자가 들고 온 가을 국화꽃 한 송이를 가슴에 품어보렵니다.

(3) 들어주는 한 사람만 있어도 제 길을 걸어갈 힘을 얻을 수 있다

교사 공감 감성편지 - 삶의 길 찾기!

끊임없이 되돌아 재생되는 1분짜리 테이프처럼
봉지에 손을 댔다가 최단거리로 입까지 올라가는 손
톱밥들은 공허한 가슴 위로 먼지처럼 쌓이고
식도는 끊임없는 물줄기에 무감각해지고
오래전 아문 상처들은 조금씩 부풀어올라 실밥이 터지고
아문 상처들은 터지고, 그 상처들이 서로를 바라보고 있군요

행위의 반복, 그 연속적인 동작과 또 그 이면에 감추어진 밑마음

을 오가고 있습니다. 토한 언어들이 가진 무게가 느껴져 안타까웠지요. 터진 상처들의 이유는 무엇인지, 치유될 수 없는 것인지? 상처들을 감추어두기보다 정면으로 맞서다 보면 길이 보이지 않을까 하고 생각했지요. 시 쓰기의 가장 원초적인 즐거움은 배설이지만, 결국은 행복한 삶을 위한 선택이니까요.

상처의 끝으로 들어가 보시지요. 상처를 어루만지는 마음이 한 편의 시에서 환한 등불로 살아나는 모습을 그려봅니다. 삶도 시도 선택이라고 가만히 되뇌어 봅니다. 별이거나, 그늘이거나.

(4) 한 사람 한 사람의 마음을 들여다보고 대화하도록 애써라

낙엽 (학생 시)

잎이 떨어진다
쓰다 만 시들이 파지가 되어
오늘도 구겨졌다
낙엽은 썩어 흙으로 돌아가는데
내 시는 보도블록 위에 버려져
짓이기고 밟혀도
흙 한 줌 되지 못한다

교사 공감 감성편지 – 흙 한 줌의 시

여러 편의 습작시를 보았습니다. 그중에 〈낙엽〉이란 시 앞에서 저도 모르게 발걸음이 멈추었답니다. 왜일까요?
참 오랜 시간, 님의 마음을 훑고 지나간 따뜻한 볕과 어두운 그늘을 만나왔지요. 얼어붙은 듯한 언어들, 그러나 내밀한 속에 깊이 깊이 배어 있는 뜨거움에 놀라곤 했지요.
어느덧 한 해가 저물어갑니다. 나무도 사람도 잎을 떨구는 시간. 그저 가만히 곁에 소리 없이 따라온 삶에게 물어봅니다. 낙엽인가? 한 줌의 흙이었나? 삶이 다시 나에게 말합니다. 그 누구의 삶도 낙엽은 없다고. 너도 나도 서로가 서로의 가슴을 지피는 불씨임을…… 삶이든 한 편의 시든.

(5) 그들의 마음을 움직이는 방식을 이해해야 의사소통할 수 있다

교사 공감 감성편지 – 초등학생이 보내준 아름다운 몇 편의 시

안녕하세요. 반갑습니다. 초등학생의 시라고 보기에는 너무나 깊고 풍성한걸요. 올려주신 시들이 다 좋았지만, 〈한지〉라는 시가 특히 인상적입니다.

닥나무 겉껍질 벗겨
흰 것만 걸러내듯이

우리도 흰 좋은 삶으로 가자

눈에 보이는 사물만, 눈에 보이는 현상만 주목하는 것이 보통 어린 학생들의 창작품인 것을 생각하면, 학생의 시는 사물에 말을 거는 진지함과 삶을 이해하려는 사색도 엿보여 학생 스스로 품고 갈 글밭의 풍성함을 상상하고 웃음 짓게 합니다.

자신의 생각을 글로 담아낼 수 있다는 것은 참으로 귀한 선물이지요. 글 속에서 생각을 키우고, 풍성해진 생각의 숲이 다시 글과 만나는 멋진 만남을 불러오지요. 이미 학생의 눈과 가슴에 시의 세계가 충만한걸요.

어느 겨울 이야기 (학생 시)

몇 겹이나 껴입어도
추운 겨울
달달 떨리는 입
내내 시린 찬바람만 분다

이 겨울 보내면
찾아올 아지랑이 피는 봄날 그리며
난 다 낡아버린 교과서를

미련 없이 버리었다

추운 어느 날,
문득 책을 읽다
외투 없이 밖엘 나갔다.
벤치에서 지나는 사람
발자국 하나하나 보시던
주름진 이웃 할머니

"자가 벌써 고등학생이여."
빙긋이 웃어주셨다.
"추운데 어여 들어가!"

집에 들어가 달력을 찾았다
몇 장을 넘기고 넘기니
여름 바다가 있었고,
가을 하늘이 비춰졌고,
겨울 눈꽃이 내리었다.

교사 공감 감성편지 – 봄날을 기다리는 부푼 꿈 잘 드러나

신년에 학생이 쓴 글을 만나보고 저는 풋풋한 님의 감성을 보며 웃음 짓습니다. 그렇군요. 이 겨울에 겨울만 품고 있는 사람은 실로 어리석은 사람이군요. 꽁꽁 얼어붙은 땅속에서도 생명은 봄날을 기다리며 꿈틀꿈틀 움트고 있고 새로운 학년을 기다리는 이 땅의 수많은 학생은 낡은 옷을 버리듯 교과서를 버리고 아지랑이 피어오르는 봄날 같은 새 학년을 기다립니다. 시 속에 짧게 스쳐 간 장면 하나. 겨울 길에서 만난 이웃 할머니의 목소리는 고등학교 진학의 분위기를 더욱더 고조시켜 주는군요. 방 한쪽에 걸린 달력, 여름 지나 가을로 겨울로 사계의 풍경을 지나면서 누구보다 아름답게 꿈꾸고 있는 님의 부푼 마음이 보입니다. 시간의 향기를 알고 있어서, 님이 머물고 있는 이 겨울엔 벌써부터 봄내음이 가득합니다.

(6) 때론 그 사람의 마음만 거울로 비출 수 있어야 한다

후배들에게 바치는 노래 (학생 시)

학교에선 날더러 고3이 되라 하네
학원에선 날더러 수험생 되라 하네
집에선 날더러 대학생 되라 하네
내 몸 호올로 차디찬 독서실에
검은 펜과 빨간 펜만 손에 가득 쥐어진 채
문제를 한없이 뚫어져라 쳐다보며
㉠일까? ㉡일까? ㉢일까? ㉠㉡일까?

㉠㉢일까? ㉡㉢일까? ㉠㉡㉢일까? 뭐일까?

내 마음 호올로 뒷장 답안지에

포스트잇, 접어놓기, 왔다 갔다 하면서

답인 이유도 모르면서 답만 줄줄 외운다

요약 정리 무엇하리, 쪽집겐들 어쩌리

자기들이 출제하나 너도나도 쪽집게라

모의고사 오답 정리 너무 많아 하기 싫고

선생님께 여쭤보면 이것도 모르냐 혼내시고

역시나 공부는 혼자가 제일이라

EBS니 쪽집게니 모두 전부 필요 없고

스스로 알아가는 게 공부 중의 공부이며

이 글을 보는 후배, 난 아니겠지 하지 마라

너희들도 돌이켜보라 너희들은 이제 1년 반

200일도 채 안 남은 선배들의 심정 아나

월드컵이니 지방 선거니 추석 연휴니 우린 못 쉰다

엉덩이에 땀 나도록 공부하는 후배들아

죽음의 트라이앵글 속에 지쳐가는 후배들아

08년 입시제도에 서로 멀어지는 후배들아

항상 서로 경쟁한들 얻어지는 게 정녕 있느냐

서로서로 물어보며 배우면서 친해지며

마주 앉아 서로 손잡고 함께 이룩하는 학교생활

얼마나 꿈 같지 않느냐

멋지지 않느냐

항상 경계하는 것보단

서로 도와가며 공부하는 것이

진정한 학교생활이 아닐까 싶다

얘들아 손잡아라!

그리고……

미친 사람처럼 친구해라!

매정한 학교생활을 생각하기 싫구나

후배들아 재수학원에서 만나지 말자꾸나

후배들아 부디 대학캠퍼스에서 만나자꾸나

후배들아 화이삼~~~~

교사 공감 감성편지 - 저 벽 앞에 결코 무너지지 않기를

습작시 〈후배들에게 바치는 노래〉를 보았습니다.

오랜만이지요. 잘 지내고 있는지요?

수험생의 '진한 넋두리'를 보고 있자니 절로 탄식이 흘러나오는 걸요.

비정상이 정상이 되어버린 현실, 젊은 날의 고뇌와 사색이 사치가 되어버린 세상, 맹목적인 도전과 응전만이 살아남는 세상, 명분과 목적보다는 실리와 수단으로 전락해 버린 삶. 그럼에도 불구하고 제자들의 가슴은 뜨거웠으면 합니다. 도대체 왜 여기에 내가 서 있는지 고민했으면 합니다. 내가 꿈꾸는 삶의 가치에 대해, 내가 걸어가고 싶은 그 길에 대해 의미를 캐묻고 깨치고 가는 더운 가슴이 함께하는 삶이었으면 합니다.

사랑하는 그대들! 누구보다 정직하게, 누구보다 정성스럽게, 누구보다 당당하게, 누구보다 힘차게 헤쳐 나가기를. 저 벽 앞에 결코 무너지지 않기를. 그대들의 앞날은 태양보다 더 뜨겁게 빛날 것이므로.

(7) 글쓰기는 고통과 상처를 치유해 준다

상처 (학생 시)

엄마가 미안하다
이제 같이 살자
용서할 수 있지?
엄마는 나를 꼬옥 안으며
내 볼에다가 한 방울의 눈물
떨구었습니다
울지 마 내가 닦아줄게
이제 다시는 가지 마
우리 정말 같이 살아
그래 그래

내가 널 두고 어딜 가겠니?

자 이제 자자

엄마는 큰방에서

아빠랑 잘게

응 엄마 잘 자 좋은 꿈꿔

아침이 밝아 벌떡 일어나

엄마 보러 큰방에 갔습니다.

엄마는 없고

아빠만 쿨쿨 잠을 잡니다.

아쉬워

내 방에 돌아와

눈을 감지만

꿈속의 아침

밝아오지 않습니다

교사 공감 감성편지 – 아픔을 딛고 일어서 아름다운 꽃으로 피어나길

〈상처〉를 보았습니다. 오늘 저는 문득 그동안 보내준 님의 시에서 공통점을 본 것 같아 잠시 발걸음을 멈추고 생각에 젖었답니다. 저는 님의 시 한 편 한 편에 고인 눈물을 통해 님이 개인적인 취향에만 깊이 빠지는 것 같아 안타까울 때가 있었지요. 창밖으로 세상 밖으로 다른 이의 눈물도 읽어내 보라고 말했던 기억이 나는군요.

그러나 저는 오늘 문득 님의 시가 그 이상의 의미를 가질 수도 있겠다는 생각을 해봅니다. 진정으로 시가 주는 선물일 거예요. 내 안의 아픔을 고백해서 얻어지는 치유에 대해 저는 생각하고 있답니다. 아마도 님에게 시 속의 발자국들이 단순한 아픔에 머무는 눈물이 아니라, 그 속에서 더 크게 자신을 키우는 큰 몸짓임을 믿습니다.
그 아픔의 끝, 고백의 끝자락마다 묻어나는 님의 향기가 더 그윽하고 깊어져서 보는 이의 가슴속 눈물을 어루만지는 아름다운 꽃 한 송이가 되기를…….

(8) 시 창작은 지금 이 순간 살아 있는 눈과 가슴을 열어준다

모녀전후가 (학생 시)

못난아
내 사랑스런 못난아
너의 하늘이 되고 싶었다
세상에서 가장 빛나는 6월 어느 날
하늘이 열리고
그해 첫비가 내리던
너를 품은 지 열 달 되던 날

배 속을 열치고 가슴속에 파고들었다

나의 모든 것인 네가

내 마음에 젖어들었다

소나기 흩뿌리던 날의 소년소녀 가슴 잔잔한 로망스보다

감미로웠다

하늘은

움직이지 않으리라

그랬었지

잊지 않았구나

어느 비 내리는 여름날

네가 처음 터뜨린 시원한 빗소리를

늘 그 자리에서

변하지 않는 하늘이 되어주마

내 배를 열고 가슴속에 파고들어라

내 가슴을 찢고 여미고

찢고

여미고

또다시 찢고

그리고

여며주어라

여전히 너를 사랑한다.

교사 공감 감성편지 - 엄마가 품은 꽃씨가 피워낸 한 송이 꽃

습작시 〈모녀전후가(母女戰後歌)〉입니다. 지난해 여름이었군요. 이 시를 처음 만난 그때가. 문학 수업 시간이면 늘 만나는 님의 미소로도 저는 참 행복한 교사였지만, 님이 올린 시를 만나고는 그 마음이 더 깊고 향기로워졌답니다.

엄마와의 전쟁(?)을 치르고 난 뒤 마음 한구석에 매달린 고백이었을까요. 애틋한 딸의 마음을 읽는 내내 마음 가득 사랑의 꽃물이 들었답니다.

열 달 만의 인연은 아닐 거예요. 이 지상에 한 송이 꽃을 잉태한 고요한 인연의 시작은. 엄마가 품은 꽃씨가 엄마가 주는 단비를 마시며 열 달 동안 잎을 달고 줄기를 달고 꽃대를 올렸겠지요. 그 많고 많은 사람 중에 엄마와 딸의 인연으로 만난다는 것은 참으로 귀한 선물입니다. 그럼에도 몸이 자라면 마음의 줄기는 멋대로 뻗어나가서 때때로 매서운 바람이 되어 아프게 하거나 춥게 하기도 하지요.

너무나 닮아서 외로워지는 마음보다 너무나 닮아서 저절로 미소 지어지는 마음을, 너무나 닮아서 모닥불처럼 훈훈해지는 마음을 나누었으면. 이 세상 누구보다 따뜻하게 손잡아 드려야 하는 분이기에.

교사 공감 감성편지 - 엄마의 마음의 숲을 거닐다가

습작시 〈전후시답가(戰後詩答歌)〉입니다. 〈모녀전후가〉에 이은 답시로군요. 세상에서의 인연, 누구보다 뜨겁고 누구보다 간절한

두 가슴인 어머니와 딸의 마음이 시의 숲에서 다시 향기롭게 꽃피고 열매 맺습니다.

그랬었지
잊지 않았구나
어느 비 내리는 여름날
네가 처음 터뜨린 시원한 빗소리를

늘 그 자리에서
변하지 않는 하늘이 되어주마

삶이 홀로 걸어가는 길이라 합니다. 삶은 고독하고 외로운 길이라고 합니다. 우리가 걸어가는 길의 마지막은 그런 모습일지 모르지요. 그러나 저는 그런 순간이 올지라도 지금 머물고 있는 자리, 그 자리에서 꽃피우는 인연의 향기가 우리의 마지막을 지켜주는 등불이 되어주리라고 믿어요.

어머니의 마음의 숲을 느끼는 가슴이 있으니, 님이 머무는 곳 창가에는 달빛보다 더 고운 따뜻한 웃음소리가 흘러나올 터.

15년 넘게 학생들과 함께 시 창작을 통해 감성을 자극하고 강화하는 문학적 감성 교육, 감수성 교육을 해왔다. 학생들과 함께하면서 가슴속 닫힌 골방에서 곪아가던, 채 피어나지 못한 씨앗들이 시의 길을 따라 흘러나와 볕 쨍쨍 받으며 더 건강하고 단단한 씨앗으로 여물어가는 것을 보았다. 또 학생들 스스로 글을 쓰면서 보다 진실한 자신을 발견하고 성장하는 순간은 문학 선생님으로서 함께 성장하는 순간이기도 했다.

며칠 전 학교로 전화가 걸려왔고, 저는 님들의 전화를 통해 ○○님과 처음으로 통화하게 되었답니다. 크리스마스 선물로 보내드릴 것이 있노라며 주소를 불러 달라는 통에 저는 조금 당황했지요.
그리고 며칠이 지난 뒤에 님들의 소식과 창간 시집을 내게 된 사연을 담은 ○○님의 편지와 시집 한 권이 정성스럽게 먼 길을 왔더이다. 작지만 여느 기성 시인들의 시집과 견주어서 손색없는 님들의 풋풋한 향기가 느껴졌지요. 덕분에 전국적으로 흩어진 님들의 거처(?)도 알게 되었군요.
동호회를 만든 것도 그렇지만, 그 마음이 한 권의 시집으로 묶인다는 것은 더더욱 쉽지 않은 일임에도, 함께 마음을 모은 님들의 아름다운 노력에 저 또한 격려의 말을 아끼지 않으렵니다. 저에겐 너무나 신선한 일이어서 한동안 입이 다물어지지 않았습니다. 참으로 용기 있는 님들입니다.
해마다 더 실팍한 결실들로 일구어지기를 기대합니다. 그사이 저의 도움이 필요하다면 돕고 싶군요.
저물어가는 세밑, 이젠 제법 오랜 인연으로 느껴지는 님입니다. 님과 문학에 대해 시에 대해 이야기를 나누면서, 저의 역할과 태도에 대해 고민했던 적이 많았답니다. 고맙습니다.

늘 그러했듯이 남은 날들도 특별한 순간이기를 바랍니다.

(학생 자생 창작동호회 '습작시대' 답신 편지)

학생들이 삶을 만나고 느끼는 문학 수업은 지속적인 생명력을 갖는다. 10대의 내면을 두드린 문학적인 울림은, 그들의 삶에서 행여 어두운 밤바다를 만날지라도 자기만의 향기와 빛깔을 품고 '삶의 길 찾기'를 할 수 있도록 도울 것이다. 더불어 학생들이 품게 된 문학 사랑의 힘은 오래도록 아름다운 인생의 주인공으로 살아가는 데 큰 힘이 되어줄 것이다.

날마다 배를 띄운다.
이 배가 닻을 내릴 곳은 어디?
바다 어딘가, 바람에 흔들리며 서 있는 외로움과 만나게 될 테지.
나도, 나의 학생들도 그러하리라.
오늘, 누구의 가슴에 닿을는지.

나만의 문학 수업을 디자인하다

지은이 | 이낭희

1판 1쇄 발행일 2019년 7월 22일

발행인 | 김학원
편집주간 | 김민기 황서현
기획 | 문성환 박상경 임은선 김보희 최윤영 전두현 최인영 정민애 김주원 이문경 임재희 이화령
디자인 | 김태형 유주현 구현석 박인규 한예슬
마케팅 | 김창규 김한밀 윤민영 김규빈 김수아 송희진
제작 | 이정수
저자·독자서비스 | 조다영 윤경희 이현주 이령은(humanist@humanistbooks.com)
용지 | 화인페이퍼
인쇄 | 청아디앤피
제본 | 정민문화사

발행처 | (주)휴머니스트출판그룹
출판등록 | 제313-2007-000007호(2007년 1월 5일)
주소 | (03991) 서울시 마포구 동교로 23길 76(연남동)
전화 | 02-335-4422 팩스 | 02-334-3427
홈페이지 | www.humanistbooks.com

ⓒ 이낭희, 2019

ISBN 979-11-6080-280-1 03800

* 이 도서의 국립중앙도서관 출판시도서목록(CIP)은 서지정보유통지원시스템 홈페이지(http://seoji.nl.go.kr)와 국가자료공동목록시스템(http://www.nl.go.kr/kolisnet)에서 이용하실 수 있습니다.(CIP 제어번호: CIP2019027128)

만든 사람들

편집주간 | 황서현
기획 | 문성환(msh2001@humanistbooks.com)
디자인 | 민진기디자인

* 이 책은 저작권법에 따라 보호받는 저작물이므로 무단 전재와 무단 복제를 금합니다.
* 이 책의 전부 또는 일부를 이용하려면 반드시 저자와 ㈜휴머니스트출판그룹의 동의를 받아야 합니다.